美文馆

U0571035

最难忘的军旅美文

主编◉马国兴 吕双喜

沉默的子弹

CHENMO DE ZIDAN

每个人的人生，恰似由一篇篇小小说与美文组成，一页翻过，又是新的篇章，看似毫不相干，却又唇齿相依。

"小小说·美文馆"丛书，所选作品思想内涵、艺术品位和智慧含量兼具，在这个信息碎片化的网络时代，为您提供精良的智慧读本。

 郑州大学出版社

图书在版编目（CIP）数据

最难忘的军旅美文·沉默的子弹/马国兴,吕双喜主编.—郑州：
郑州大学出版社,2013.5(2023.3 重印)
（小小说美文馆）
ISBN 978-7-5645-1395-5

Ⅰ.①最…　Ⅱ.①马…②吕…　Ⅲ.①小小说-小说
集-中国-当代　Ⅳ.①I247.8

中国版本图书馆 CIP 数据核字（2013）第 043814 号

郑州大学出版社出版发行

郑州市大学路 40 号　　　　　　邮政编码:450052
出版人:孙保营　　　　　　　　发行部电话:0371-66658405
全国新华书店经销
三河市鑫鑫科达彩色印刷包装有限公司印制
开本:710 mm×1 010 mm　1/16
印张:13
字数:230 千字
版次:2013 年 5 月第 1 版　　　　印次:2023 年 3 月第 3 次印刷

书号:ISBN 978-7-5645-1395-5　　定价:42.00 元
本书如有印装质量问题,请向本社调换

"小小说·美文馆"丛书

总策划、总主审

杨晓敏　骆玉安

编委名单

主　编　马国兴　吕双喜

编　委　（以姓氏笔画排序）

　　　　　王彦艳　牛桂玲　李恩杰

　　　　　步文芳　连俊超　郑兢业

　　　　　梁小萍

序

杨晓敏

书来到我们手上,就好像我们去了远方。

阅读的神妙之处,在于我们能够经由文字,在现实生活之外,构筑属于自己的精神生活。透过每篇文章,读者看到的不仅是故事与人物,也能读出作者的阅历,触摸一个人的心灵世界。就像恋爱,选择一本书也需要缘分,心性相投至关重要,阅读的过程中,你会发现他与自己的不同,而你非常喜欢,也会发现他与自己的相同,以致十分感动。阅读让我们超越了世俗意义上的羁绊,人生也渐渐丰厚起来。

在这个信息碎片化的网络时代,面对浩若烟海的读物,读者难免无所适从,而阅读选本无疑是一个不错的选择。从《诗经》到《唐诗三百首》再到《唐诗别裁》,从《昭明文选》到"三言二拍"再到《古文观止》,历代学者一直注重编辑诗文选本,千淘万漉,吹沙见金。鲁迅先生说过:"凡选本,往往能比所选各家的全集更流行,更有作用。册数不多,而包罗诸作。"为承续前人的优秀传统,我们编选了"小小说·美文馆"丛书。

当代中国,在生活节奏加快与高科技发展的影响下,传统的阅读与写作方式发生了深刻的变化,小小说应运而生,成为当下生活中的时尚性文体。小小说注重思想内涵的深刻和艺术品质的锻造,小中见大、纸短情长,在写作和阅读上从者甚众,无不加速文学(文化)的中产阶级的形成,不断被更大层面的受众吸纳和消化,春雨润物般地为社会进步提供着最活跃的大众智力资本的支持。由此可见,小小说的文化意义大于它的文学意义,教育意义大于它的文化意义,社会意义又大于它的教育意义。

小小说贴近生活,具有易写易发的优势。因此,大量作品散见于全国数千种报刊中,作者也多来自民间,社会底层的生活使他们的创作左右逢源。一种文体的兴盛繁荣,需要有一批批脍炙人口的经典性作品奠基支撑,需要有一茬茬代表性的作家脱颖而出。所以,仅靠文学期刊,是无法垒砌高标准的巍巍文学大厦的。我们编选"小小说·美文馆"丛书,是对人才资源和作品资源进行深加工,是新兴的小小说文体的集大成,意在进一步促进小小说文体自觉走向成熟,集中奉献出思想内容与艺术形式兼优的精品佳构,继而走进书店、走进主流读者的书柜并历久弥新,积淀成独特的文化景观,为小小说的阅读、研究和珍藏,起到推波助澜的作用。

编选"小小说·美文馆"丛书,我们选择作品的标准是思想内涵、艺术品位和智慧含量的综合体现。所谓思想内涵,是指作者赋予作品的"立意",它反映着作者提出(观察)问题的角度、深度和批判意识,深刻或者平庸,一眼可判高下。艺术品位,是指作品在塑造人物性格,设置故事情节,营造特定环境中,通过语言、文采、技巧的有效使用,所折射出来的创意、情怀和境界。而智慧含量,则属于精密判断后的"临门一脚",是简洁明晰的"临床一刀",解决问题的方法、手段和质量,见此一斑。

"小小说·美文馆"丛书共计十卷,分别为《最具想象力的叙事美文·深夜里游走的路灯》《最具感染力的爱情美文·当你孤单你会想起谁》《最具欣赏性的幽默美文·能说话的那堵墙》《最具实用性的写作美文·活着的手艺》《最具领悟力的哲理美文·有温度的词汇》《最具启发性的智慧美文·领着自己回家》《最难忘的军旅美文·沉默的子弹》《最生动的动物美文·一只在夜色中穿行的猫》《最清新的自然美文·赴一场心静如菊的盛宴》《最给力的草根美文·消逝的事物》。一定意义上说,人生就是由一篇篇小小说组成的,希望"小小说·美文馆"丛书为你的阅读人生增添美妙的元素。

好书像一座灯塔,可以使我们在瞬息万变的社会不迷失自己的方向,并能在人生旅途中执着地守护心中的明灯。读书是一种积极的生活情趣,一个对未来的承诺。读书,可以使我们在人事已非的时候,自己的怀中还有一份让人感动的故事情节,静静地荡涤人世的风尘。当岁月像东去的逝水,不再有可供挥霍的青春,我们还有在书海中渐次沉淀和饱经洗练的智慧,当我们拈花微笑,于喧嚣红尘中自在地坐看云起的时候,不经意地挥一挥手,袖间,会有隐隐浮动的书香。

(杨晓敏,河南省作协副主席,郑州小小说文化传媒有限公司董事长、总编辑,《小小说选刊》《百花园》主编。)

目 录

海军往事（三题） 　　　　　　　　　陆颖墨 001

月照野葱地 　　　　　　　　　　　　杨晓敏 008

军马传奇 　　　　　　　　　　　　　杨晓敏 012

沉默的子弹 　　　　　　　　　　　　周海亮 016

绝影 　　　　　　　　　　　　　　　邓洪卫 018

的卢 　　　　　　　　　　　　　　　邓洪卫 021

兵爸爸 　　　　　　　　　　　　　　庄 学 024

路班长 　　　　　　　　　　　　　　庄 学 027

白脸的包公——唐军 　　　　　　　　庄 学 030

萨布素的信使 　　　　　　　　　　　安石榴 033

幸存者 　　　　　　　　　　　　　　梁小萍 036

禁飞区 　　　　　　　　　　　　　　梁小萍 038

瞄准 　　　　　　　　　　　　　　　梁小萍 041

军嫂 　　　　　　　　　　　　　　　刘万里 043

庄稼地 　　　　　　　　　　　　　　徐志义 046

一个老兵的签名 　　　　　　　　　　樊碧珍 049

在那遥远的地方 　　　　　　　　　　立 夏 052

1

高高的木箱　　　　　[英]埃德温·贝瑞德 著　庞启帆 译　054

李小壮受到了表扬　　　　　　　　　　　胥得意　057

生日饭　　　　　　　　　　　　　　　　胥得意　060

雪做的城堡　　　　　　　　　　　　　　胥得意　063

八条汉子和两个女兵　　　　　　　　　　墨　村　065

烟斗与高跟鞋　　　　　　　　　　　　　贺敬涛　068

军礼　　　　　　　　　　　　　　　　　陈力娇　070

寻岸　　　　　　　　　　　　　　　　　陈力娇　073

微笑的雪山　　　　　　　　　　　　　　胡　炎　076

弟兄　　　　　　　　　　　　　　　　　乔　迁　080

桥　　　　　　　　　　　　　　　　　　闫耀明　083

牺牲　　　　　　　　　　　　　　　　　石建希　085

军礼　　　　　　　　　　　　　　　　　王培静　088

编外女兵　　　　　　　　　　　　　　　王培静　090

胖月亮瘦月亮　　　　　　　　　　　　　王明新　092

英雄　　　　　　　　　　　　　　　　　邓耀华　095

狙击手的遗憾　　　　　　　　　　　　　余显斌　098

篷头和老毕　　　　　　　　　　　　　　张白雨　101

抉择　　　　　　　　　　　　　　　　　杨　邪　104

老烟袋　　　　　　　　　　　　　　　　江　岸　108

静静的河水　　　　　　　　　　　　　　青霉素　110

山道上走着一只羊　　　　　　　　　　　青霉素　112

枪王之死　　　　　　　　　　　　　　　凤　凰　115

最美的康乃馨　　　　　　　　　　　　　陈华清　118

2

阳刚之恋 孙 凯 121

山那边 孙 凯 124

庄小吉 孙 凯 126

理发师 吴富明 128

鹿战 戴 希 131

母子碑 厉剑童 134

两个担架工 厉剑童 137

棋逢对手 符浩勇 140

枪神 韦延才 142

太极孙 远 山 145

剃头匠 宋以柱 148

三等功 侯发山 151

一个人的战斗 张爱国 153

不怕死的英雄 张爱国 155

英雄故事 子 干 157

永远的标记 王孝谦 159

愿望 张殿权 161

稍息,立正 刘正权 164

神圣的炊烟 田际洲 167

师长卖马 徐全庆 170

最后的熄灯号 徐国平 172

军刀 徐国平 175

上帝不会少给你一种色彩 孙道荣 178

敬礼 佛 刘 180

往事如歌 杨永汉 183

遗物　　　　　　　　　　　　　　　　　　娄喜雨　186

砍头游戏　　　　　　　　　　　　　　　　蓝　月　188

有一种爱叫宽容　　　　　　　　　　　　　刘　勇　191

有关爷爷死因的几个版本　　　　　　　　　戴玉祥　193

海军往事(三题)

陆颖墨

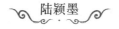

长波

如果你走进海湾里那座长波台,就会被那一座座高耸的天线震撼。每座天线有一百多米高,战士们每个月都要爬到天线顶维护。

潜艇在水下远航时,只有长波台发出的电波才能传到千里之外,指挥部也只有通过长波台指挥远航的潜艇。

在这里,有一件怪事,常常会听到官兵之间问候不是你吃了吗,而是照了吗。照什么呢? 一问,说是照镜子;再细问,才知道他们说的镜子是一个人。

他姓霍,是建设长波台时的总指挥,大家都叫他霍总。

那是二十世纪六十年代初,长波台刚要开工建设,援建的某国专家到这片海滩露了一下面就撤走回国了,大大小小一千七百多箱设备零件就堆在工地上。

长波台的建立,关系到中国的主权。到现在这个份儿上,不管多艰难,中国人也要把自己的长波台建起来。海军迅速抽调力量组建了一个指挥部,一时,荒凉的海滩上热闹起来,除了两个工兵团,还来了大批的知识分子。只是当时大家奇怪的是,上级派来的一把手霍总却是一位在长征路上才开始识字的大老粗。

霍总在战争年代的传奇故事很多。如过草地时,他七天七夜不吃饭,居然没有饿得晕倒,出了草地,还能马上投入战斗,空腹空手夺来两支步枪;再比如,百团大战中,他能单身爬入炮楼,用一颗自制手榴弹让七个鬼子都举

了双手。

开工誓师大会是在海边的一片沙滩上举行的,两千多名官兵都坐着小马扎,黑压压的一片。大会开始前,全场起立,唱起了《义勇军进行曲》。指挥部参谋长宣布开会后,霍总开始讲话。他一张嘴,就让全场振奋起来。

他说:"同志们,你们知道这个工程是谁批准的吗?"

他顿了一下,抬高嗓门说:"是伟大领袖毛主席亲自批准的!"

顿时台下的人都挺身坐得笔直,好像长高了一截。

他又说:"现在外国人拿捏我们,只有靠我们自己了。如果我们完不成任务,毛主席就会睡不着觉。我们能让毛主席睡不着觉吗?"说着站起来,右臂猛地一挥。

台下传来了雷鸣般的吼声:"不能!"

一时间,整个海滩上洋溢着一股豪迈之气,仿佛潮水也退了一大截。这时,霍总喝口水,坐下来,拿出准备好的稿子,开始部署任务。

麻烦来了。他刚念到第二节,就出了几个错别字。突然他再一次念到了"频率"两字,再一次念成了"步卒"。终于有人听明白了,前排有个调皮的战士说了句"我们不是步兵是海军",周围的几个人忍不住哧哧笑了起来。

霍总自然听到了,脸上再也挂不住了。他是个直性子,突然把手中稿子朝前面用力一摔,大声说:"写的什么破玩意儿,没法念!"

全场惊呆了。

稿子散了一地,让风吹得满地跑。主持会议的参谋长带着几个兵费了好大的劲,才一张张捉了回来。参谋长咳嗽了一下,对台下说:"我先做个自我批评。这稿子是我带人准备的,昨天晚上搞得匆忙了些。字体比较潦草,笔误也比较多。霍总年龄大了,眼睛老花,念起来不方便。现在由我来替首长念完。"然后,参谋长就念了起来。

霍总还是保持那个姿势,一直到参谋长念完。

参谋长收起稿子,请示霍总:"是不是散会?"

霍总看了他一眼,突然说:"我说几句,刚才参谋长有几句话讲得不对。"

参谋长一下子紧张了,在场的其他人也都紧张了。

霍总从参谋长面前把稿子又拿过去,然后面对台下举起来:"哪有什么笔误? 哪有什么潦草? 大家都看看,这稿子写得很好,字体也很工整。"

参谋长一脸尴尬。

霍总缓了口气,说:"同样的稿子,为什么我念不下去,而参谋长念得好好的呢？你们说。"

这时候，自然没有人会站起来回答他的这个问题。

他说："很简单，就因为参谋长上过高中，有文化；而我小学都没上过，没文化。"他停了一下，又说："在座的，文化程度有高的，也有低的。我想啊，这长波台咱中国人没搞过。文化程度不论高低，都要拿镜子照照自己身上的不足。低的自然要学。为了不让外国人笑话我们，为了让毛主席能睡得着觉，高的也要学。从今天开始，我带头学，因为你们的文化程度都比我高，都是我的老师。"

全场起立，会场响起了雷鸣般的掌声。从此以后，找自身的不足和抓学习成了这支部队的传家宝。一代又一代的人都把这个故事的主人公当作一面镜子。

彼岸

要说这龙凤岛上的居民，海虎是老资格了。

海虎是一条军犬，纯种的德国黑贝。打从海军陆战队驻守龙凤岛以来，海虎就一直住在这里。一晃十年过去了，海虎老了。

驯犬员王海生是七年前上岛的。这龙凤岛在南中国海的南端，方圆不超过两个足球场，四周都是白花花的珊瑚礁。那礁石像花一样绽放在海面，可每个海石花缝隙之间多是几十米深的海沟，谁要是一失足掉进去，出来的可能性几乎没有。这种情况下，都要靠海虎来当向导。

海虎退休的命令是一艘地方的水船带上岛的。一同上岛的还有一条军犬训练基地毕业的年轻黑贝，名叫金刚。海生虽然心里有准备，但没想到上级的动作这么快。他赶紧找到守备队长，要求队长马上请示上级，把海虎再留下来一段时间，就当是超期服役。

队长一愣，马上笑着说："扯淡，金刚不是上来了吗？再说海虎老了，眼睛花了，咱们陆战队巡逻还非得让一条老花眼的军犬领着？"

这回海生心虚了，这狗确实眼睛老花了，不过，他有招，回头叫了一声："海虎同志。"

海虎马上跑了过来。海生说："快去把视力表拿来。"海虎一溜烟不见了，不一会儿，叼来一张大家常见的视力表。

"你这是干什么？"队长纳闷了。

海生把视力表用饭粒粘在了椰子树上,让海虎在距视力表五米处坐好。他拿出一副眼镜,拴上橡皮筋给海虎戴上,像模像样地测起视力来了。

海虎戴上老花镜,像模像样地伸起前右爪上下左右地挥舞。等换到第五副眼镜时,它的视力达到了1.5。

海生转身问队长:"怎么样,你还能说它视力不行吗?这叫'老狗伏枥,志在海疆;海虎暮年,壮心不已'。"

队长又好气又好笑,对海生说:"就让海虎在岛上再待一阵吧。让它带带金刚。"

海生惊喜地抱起海虎:"快亲队长一下。"

于是,礁盘上经常看到海虎领着金刚在熟悉地形。

水船走了没两个星期就出了事,还真亏了海虎。是菲律宾来的三号台风。台风来的时候,巨浪滔天,大雨瓢泼,一下把值班本子吹跑了。那值班本像个方轮胎朝海边滚去,等几名战士追到海边,值班本已滚到了海里。情况非常紧急,要知道不少国家的侦察船只经常在这片海域出没,这块肥肉要是落到他们手里,麻烦就大了。因为这时涨潮,太危险,没法行走,也没法游。就在这时,海虎一下子扑向海面。恰在此时,一个大浪打了过去。等它再从浪里出来时,行动有些迟缓。海生知道是海水把海虎的老花眼镜打模糊了,心一下子提了起来。但海虎没有让大家失望,它叼着值班本,凭着自己的感觉,又跳跃起来,很快回到了岸上。

第二天早上,海生发现海虎右后腿有些瘸,一看,腿根部居然有个一寸左右的口子,而且红肿了。海生急了,要知道,虽然现在是初春,可岛上的温度却有四十多摄氏度,要是伤口处理不好,海虎会很危险。他赶紧从卫生员那里要来碘酒和消炎药,当碘酒涂上伤口时,海虎一阵惨叫。慌乱和剧痛中,海虎用前爪把海生推开,刚好抓到海生额头,划去了一块皮。不一会儿,鲜血顺着海生鼻梁流了下来。

因为岛上没有狂犬疫苗,上级很快派直升机把海生接走了。海生一走,海虎开始不吃不喝了。海生的战友们各自拿出自己珍藏的宝贝,有排骨罐头,有牛肉罐头,还有红烧肉罐头,一共十几种,放在海虎面前。但任凭香味环绕,海虎的鼻子没有丝毫反应。

从军用长途电话得知海虎已饿了三天,海生在医院里急得脸都白了,他偷偷溜到码头,到处打听有没有到龙凤岛的船只。第三天晚上,总算找到一只去金沙岛的水船。海生苦苦哀求,终于把船老大打动,同意多绕半天航程,把海生送到龙凤岛。两天后水船靠上龙凤岛码头,没等跳板摆好,海生就飞一样奔向海虎的住处。

犬舍里,队长和几名战士正摇着一动不动的海虎,队长用手在试它的鼻息。海生冲过去扒开他们,大叫:"海虎!海虎!"

海虎缓缓睁开了眼睛,耳朵也慢慢竖了起来,它看到海生,眼珠子顿时闪亮起来。海虎抬起身,居然吃力地挣扎着站起来了。它没有停下,继续吃力地把自己的两条前腿抬起来张开,像人一样直立起来,一头扑在了海生的怀里。

海生紧紧地抱住它,眼泪止不住掉下来。他喃喃地说:"好海虎,想死我了,快吃东西吧……"

忽然,他停住了,感到海虎全身重量都压过来。他两只手没抱住,海虎整个身躯像泰山一样塌了下去。

舱内

试验进行到四个半月的时候,将军来到了潜艇支队。

这是一次潜艇远航模拟试验,参加试验的官兵都在挑战生理和心理的极限。这艘远航的潜艇其实是一个模拟舱,五十名官兵要在里面待满五个月。在已经试验的四个多月里,潜艇遇到了台风引起的涌浪,遇到了不可预测的暗流和礁石,甚至还遇到了敌方的攻击,艇长带着大家都闯过来了。

专家组从观察屏幕里看到,艇员们绝大部分时间是在面对寂寞和烦躁。他们还自办了《远航简报》,每期都以电报的方式传出来,最近的一期上居然有这样三篇小文章,是《怀念阳光》《梦中的月亮》和《在一片蓝天下》。专家们非常理解,阳光、月亮和蓝天已离他们非常遥远了。

将军在码头上一下车,就钻进了一艘新改装的潜艇。在艇员宿舍舱,他拍着狭小的吊床说:"潜艇一远航,潜艇兵要在这儿住上几个月,艰苦是难以想象的。"他回头对支队长说:"我是陆军出身,坦克经常坐,头一回钻进潜艇。刚才你还说我个子高大,怕进来难受,劝我不要进来。你看,不进来我能看到这些吗?"

支队长笑笑,说:"唉!再苦再累,我们这些搞潜艇的都习惯了。"

"你们是习惯了,可是好多人不仅不习惯,还不一定能理解呢。"将军说,"你们知道吗?两年前,全军部队伙食费调整时,有的部门还跟我提出来,说

潜艇兵的伙食标准和飞行员的一样,是不是太高了,要有差距。说实话,我当时还真犹豫了一下,想了想还是让他们上潜艇体验了一回出海。他们回来后向我汇报说,潜艇兵确实太艰苦了,那点伙食费根本就不高。"

一行人很快就进了试验大厅。从屏幕上,可以看到艇员们在各自的战位上工作,他们丝毫不知道也不可能知道舱外有一群人在注视着他们。试验专家组组长王教授是海军著名的潜艇医学专家,他用简短通俗的语言汇报了潜艇远航不同阶段对官兵生理和心理的影响,汇报了专家组得出的初步结论,而且简要地介绍了下一步对艇员训练更加科学化、人性化的设想。

将军听着很新鲜,拿起艇员自办的《远航简报》翻了起来,碰巧看到上面有一首短诗,题目是《永远的黄桃》。再一看,内容是歌颂黄桃的。

他有些不解,问王教授:"黄桃? 这个兵怎么会对黄桃有这么深的感情——还'永远'?"

王教授还真没法回答这个问题。支队长想了想,说:"会不会是这样? 我们在远航的时候,主要是吃罐头,你要是吃上几个月,那罐头就咽不下去。还真是,我和这个作者,比较能接受的还就是黄桃罐头。"

将军想了想,对随行人员说:"计划改变一下,今天晚上我就住到这个模拟舱里去,和潜艇兵们好好聊聊,肯定还能摸到不少珍贵的第一手资料。"

大家都慌了神。将军这么大年龄,那么高个子,要在模拟舱中窝一夜,会非常难受的,而且按照训练计划,今晚潜艇要遇到涌浪,模拟舱要晃动起来,将军他能受得了吗? 这个责任谁也不敢负。支队长把情况向将军汇报了,坚决阻止他进舱。

将军认真地说:"你们这个试验搞得很好,对广大潜艇兵来说是件大好事。对我来说、对全军来说,意义还不仅仅如此,我们还有不少战士在雪山上一待半年,在无人区一待几个月,还有野外生存,还有在山洞里待很长的时间,等等。这些官兵的生理和心理,我们都要好好地研究。你们说,我今天碰到这么好的机会,如果放弃走掉,不是太可惜了吗?"

王教授张了张嘴,也就不再说什么了。这时,将军已做好准备,王教授用电报的形式通知艇长:"首长要进来,准备开舱。"

一分钟后,艇长回电:"请下达试验结束命令,否则不能开舱。"

支队长急了,又电:"是总部首长,上将。我命令你开舱。"

艇长很快回电:"我现在执行试验命令,任何违反试验规则的命令都是错误的命令,我拒绝执行。"

支队长一下不知道怎么办才好,等在舱门口的将军说:"发电,立即打开舱门,如不执行命令,解除艇长职务。"

　　偏偏这时候,艇长回电:"我必须遵守试验纪律,没有试验停止的命令,我不会开舱。试验结束后,我愿意接受任何处理。"

　　支队长急得直冒汗,抓着头皮无奈地说:"下达试验结束命令吧。"

　　这时,将军说:"停止下达命令。"

　　他笑了,笑得非常灿烂:"试验比我想象的还要成功,我们的潜艇兵比我想象的还要勇敢,还要优秀!我刚才是给他们出了道难题,我还真替他们捏把汗,真担心把他们难倒了。这样吧,我有个愿望,试验结束那一天,我还来,进舱内吃黄桃罐头。"

月照野葱地

杨晓敏

人称"雪域孤岛"的边境线上的三号哨所,终年把绿色生命禁锢着。尽管各级领导千方百计地解决哨所的困难,但诸如新鲜蔬菜、水果、鲜肉的供应几乎一年无几。哨所距团部两百多公里。即使团部派人从四百多公里外的日喀则买回来一两车菜,不是烂掉就是成本太高。十多个单位一分,哨所还能摊多少?人体需要维生素,不吃新鲜蔬菜就断了维生素的正常来源。其后果就是指甲翻翘,头发稀落,体质下降。"哭笑不得"这个成语被哨所士兵注入新的含义,因为常年干裂的嘴唇不允许大笑、大哭甚至高声说话,否则必须付出"血"的代价。前些年总后专门为高原部队研制出合成维生素胶丸,配发后战士们一天一粒,成为日常生活的"第四餐"。

1983 年的中秋节,是个值得纪念的日子。雪山上的月亮又大又圆,在没有空气污染和阴翳遮掩的大气层里悬晃着。西藏军区首长到 3 号哨所视察工作,并和边防战士共度中秋良宵。将军带来月饼、苹果,更带来了温暖。如同白昼的明月下,将军雄壮浑厚的笑声和战士们稚嫩的笑声汇在一起,响彻在这片被生理学家视为"生命禁区"的雪线上。谈思想,拉家常,渐渐地,将军的额头皱成一条严峻的"川"字。"有什么话就给我说吧。"将军慈祥地望着一个个黝黑的脸庞,心疼地说。

一位老战士对将军说:"风雪高原,大自然肆意地扼杀着与它抗争的边关将士,也恩赐着勇敢与它抗争的人。将军,您今天下午到界桩跟前去察看时,一定看到在那片松软的沼泽地上,滋长着一大片野葱苗。我爱好文学,构思出一篇关于野葱的小说,想征求一下您的意见。"

将军欣慰地望着这位老战士说:"你的想法很好。西藏部队用枪杆子书写出一部西藏革命史,开创了一个民族的新纪元。几十年来,在这片令人惊美的雪山草原上,数万名指战员远离家乡,保卫边疆,建设西藏,创建了举世瞩目的英雄业绩,涌现出大批的英模人物。他们鲜为人知的原因之一,就是西藏部队至今尚未出现高层次的作家来为西藏兵树碑立传,在艺术殿堂里塑造出高原军人的形象。小伙子,请讲下去。"

"将军,您知道野葱地被界桩一分为二,我的故事也就从这儿开始。别小看这块不起眼的野葱地,它可是我们哨所战士的一片春天啊。我们从资料上知道,野葱是一种中草药,性温味辛,有发汗散寒、消肿健胃等功能,可以治疗伤风感冒、腹部冷痛、消化不良等病。野葱加蜂蜜捣烂外敷可以接骨。平常我们来挖点儿野葱,靠它来补充人体维生素。如果能猎到一只野黄羊,用野葱包成鲜肉饺子,则更是哨所最好的美餐了。"老战士继续讲小说的构思,"哨所战士需要挖野葱吃,而友好的邻国边民同样也来挖野葱调剂生活。海拔五千米以上的区域,几公里路程显得无限漫长遥远。过去,挖野葱在哨所一直是件苦差事,战士们躲躲闪闪,派公差总是让哨长头痛。没想到后来情况发生微妙变化,哨长发现,战士们争先恐后地找他要求去挖野葱了。"

将军听得津津有味,颔首微笑:"小说开头不错,甩出第一个'小包袱',打个伏笔,有吸引力。"

老战士呷了一口水:"将军,您能感兴趣我很高兴,请您继续听下去。哨长开始很纳闷,后来终于明白了。原来,哨所战士去挖野葱时,和邻国的几位挖葱姑娘相遇了。少女们长得很漂亮,也不羞涩,她们大胆地揭去面纱,个个脸色如月,眸若点漆,鼻翼旁镶着黄澄澄一颗金饰,葳蕤的长睫毛里,轻轻涟起两潭春水。战士们与姑娘们都处于青春发育的年龄,一颗颗火热的心相撞,燃烧了,撩拨起美好的情思。再后来,双方开始在野葱地邂逅,联翩而至,愉悦而归。野葱地联结的,绝不仅仅是属于国与国之间的友谊。其中有一位娇媚的女郎,边挖野葱边唱诱人的歌儿,爱用眼睛弹奏敏感的灵犀。战士们喜欢这群天真烂漫的邻国少女,常把挖好的野葱掷过界桩,让她们装满皮口袋,然后挥手相别,恋恋不舍地目送姑娘们的倩影在夕照里远去。从此哨所的沉闷气氛一扫而光,溢满欢歌笑语。哨长的思想工作少多了。有一天气温骤变,暴风雪猝然袭击了野葱地。那位如花似玉的妙龄女郎差点儿被冻死在界桩旁。碰巧我们的战士去巡逻,见状急忙把她背回哨所抢救。姑娘康复了。从那以后,她再来挖野葱时,总要从溪水旁采撷一束长着细碎花朵的金腊梅,放在界桩上,以示谢意。"

"嗯,你这也是'无恋不成书'哇,你的故事优美委婉,边塞风味很浓。现在铺垫完了,该进入高潮了吧?"将军听着,若有所思。

"将军",老战士犹豫了一下,又讲起来,"后面的故事是这样的。挖野葱以及邻国姑娘送鲜花的事被上级知道了,有个别领导沉不住气了,说是'谈恋爱都谈到外国去了'、'小资产阶级情调'、'涉外事件'等,一位首长——至于是哪一级首长我在小说里暂且还没有定准,因为现在有人老爱对号入座,所以还是说笼统一点儿好——一位首长到哨所整顿来了,他从小车里钻出来,宣布的一号命令就是'今后宁愿天天吃老梭镖,也不能再到野葱地'。战士们的笑脸消失了,晴朗的天空布上一层阴云。大家闷闷不乐地围在牛粪火旁抽烟,躺在草地上睡觉,连训练、劳动都有人装肚子疼。整顿完毕,首长即将下山时,一夜之间大雪封山,小车受阻了。几天后,首长的食欲下降,一看见饭桌上的脱水菜、海带皮就发愣,呕吐不止。

"他终于躺倒了,面色蜡黄。哨所的卫生员给首长检查后说:'首长您患了脱水菜过敏症。同样是人,您却不能和战士们相比。您吃惯了丰盛的小灶,战士们吃惯了老梭镖,肠胃早已形成习惯。您吃上三五顿老梭镖还可以坚持,久了没有新鲜蔬菜补充,自然要发生这种现象。如果不及时调整食物结构,补充营养,恐怕……''会怎么样?'首长忧心忡忡。卫生员回答:'现在大雪封山,您十天八天也离不开哨所,唯一救急的办法是……去扒开积雪,挖点儿野葱根,熬点儿汤喝,或许会好一些。'听到这里,首长猛地睁开浮肿的眼皮,想说些什么,可又好像想起些什么,张了半天口也没说出什么来……将军,我们的小说在故事结尾时发生矛盾。让这位首长活着吧,就得去挖野葱。为了首长的生命安全,即使战士们违心地去扒雪挖野葱,但固执而爱面子的首长却未必肯收回自己当初的命令。将军,您看是让他活着好呢还是让他死去好呢?"

将军听罢,喟然长叹,沉吟良久,洒下泪来,坚定地说道:"像这样昏庸愚蠢的官僚主义者,纵然不让他死去,也该撤掉他的职。小伙子,你的小说构思很好,但愿现实生活中不要出现这样的现象。你写出来吧,它对很多人都会有教育意义,包括我这个西藏军区的老战士。"

何排长劝阻将军说:"您不要住在哨所了,能来到哨所看望我们,我们就像见了父母亲人一般温暖。雪山上太寒冷,您会受不了的。"

"这有什么受不了的,我的身子骨儿硬着呢,再说,我如果不在哨所亲身感受一番,怎么能经常想到你们这些雪山哨兵的辛苦呢?"

夜晚,塞风飕飕,战士们和将军挤在通铺上,热泪顺着耳根汩汩流淌……

临别时,将军指示陪同的干部说:"战士们在条件这么恶劣的环境里巡逻放哨,我们有什么理由不关心他们?!一定要千方百计地搞好一线部队的生活管理,一年后,我再到昆木加哨所来检查落实情况。"

将军走了,将军的关怀却留在哨所。宿舍的墙壁上,一根绳子系着将军带来的苹果,永远悬挂在战士们的心里。可是将军却再也不能重踏昆木加——那是四个月后,即1984年1月15日,将军在踉跄地攀登通向另一个偏远哨所的羊肠山道时,那双拽着马尾的大手,猛地一阵痉挛,继而松脱了……高山恶劣的气候使他的冠心病猝发,不幸以身殉职。噩耗传来,3号哨所的战士手捧那枚早已干瘪的苹果,跪倒雪地,痛哭不已,声震四野。

战士们联名写了一份唁电,发往某报社。

报上始终没有登。

——昆木加哨所太小了。

军马传奇

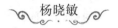

杨晓敏

　　喜马拉雅山脉和冈底斯山脉拔地而起，宛如一双正待合拢的巨形手掌，突兀地凝固定格。从巨掌的指缝里，钻出一枚玲珑的马头，大口地喷吐出清澈的泉水，任其向下流去。"天河"雅鲁藏布江的上游，人们叫它马泉河。

　　如果把西藏高原比喻成"世界屋脊"，那么马泉河就是从"世界屋脊的屋脊"流下来的水。

　　哨所刘指导员给我备好一匹枣红色军马，陪同我采访的团宣传股陈干事怂恿我骑上去。我不会骑马，不敢像剽悍的骑手那样，牢牢地抓住那片飞扬的鬃。说来有些让人发窘，第一次站在威风凛凛的军马跟前，我的腿打战了。军马骄傲地用眼角斜视着我，昂首打起响鼻儿，长尾飘逸地向两旁扫来扫去，铁蹄砰砰地敲击地面。我抖索不已地爬上马背，就在刘指导员松开马缰的一瞬间，我的心态顿时失去平衡，身体轻悠悠地坠落地面。一股男子汉的羞耻感袭来，我摆摆头，从地上跳起来便恢复了勇气："不过如此。"我咬牙切齿地一拳砸在马背，腾地又飞身上去。我们三人策马驰向马泉河谷。他俩在马上给我分别讲起关于哨所的军马和骑手的故事——

　　"……二十世纪七十年代初，哨所常执行边境剿匪任务。翻山越岭，军马是部队作战的主要机动力量。当时哨所有一匹雄壮无比的'大洋马'。它性子暴烈，行军途中决不允许别的马进入它的视野，否则便会旋风般地追上去，又踢又咬，直到那匹马逃开为止。大洋马还是个'骚货'，见不得母马，要是嗅出哪匹母马发情，骑手恐怕连跳下马背的工夫都没有，便会摊上倒霉的事。团里的侦察股刘股长，非常欣赏大洋马的灵性，决心驯服它。那次，刘股长悄悄迂回接近，蓦地鱼跃龙门，抓鬃上马，人与畜展开一场决斗。大洋马左盘右旋，上腾下蹿，见甩不掉骑技高超的骑手，恼羞成怒，竟发疯似的向一片断崖卷去。死神临近,发出微笑。这是意志与胆识的拼搏较量。刘股长的嘴角抽搐着,掠过一丝轻蔑,索性回手一拍,反而催马向前方冲去。就在临近深渊的刹那间,大洋马遽然前蹄腾空,像呼啸的浪头撞在礁石上一样猝然矗立,而后来了个180°的慢镜头大转身,雄赳赳伫立草原,引颈嘶鸣。大洋马被征服了,从此与刘股长结成生死战友……"

"……二十世纪八十年代的一位骑兵排长,曾经骑在你今天骑的这匹枣红马上,身挎钢枪,率领全排在雪线上巡逻查桩,他非常渴望能像在对越边境自卫还击作战中那样,杀敌立功,报效祖国,在血雨腥风中濯洗自己鲜红的灵魂。可惜他死去了。你是从机关来的,一定会记得军区在1985年11月做出的那个决定,号召驻藏部队向献身边防建设事业的好干部鄢朝友同志学习。他是打过仗的功臣,成都陆军学校的毕业生。直到死前的最后时刻,他都在为自己没能战死马背而病倒床榻懊悔不已。告诉你,鄢排长是被一位叫'吴老兵'的战士教会骑马的。老战士在外单位当驾驶员时,因偷东西受了处分,被下放到偏僻的哨所来'锻炼'。他瞧不起这个入伍年限短、年龄比自己小、身高只有一米六二的新排长。他教鄢排长骑马时不停地训斥:'对你说身板儿稍向前倾,两腿夹紧,只能用脚尖踩在镫里,你郎个没有一点儿记性? 刚才把你龟儿拖得身上瓜稀稀的心里安逸是不是? 马转圈不走? 你是干什么吃的还不拉紧嚼口! 对啦,马头起来才能目视前方不打前跌。'老战士训练排长好像是给新兵上课。军马欺负胆小的人,随便耍个小花招,不是把鄢排长从马脖子上抖下来,就是从马屁股上掀下去。不知是鄢排长的犟劲感动了军马,还是吴老兵终于教了真本事,一个星期过去,枣红马灵性一通,乖乖成为新排长的坐骑。只要他一背上枪,枣红马就知道要出发,便摇头摆尾地跑来……"

"……有一次刘股长在执行侦察任务中,与一群叛匪遭遇。他首先拍马跃上山坡占领有利地形,开枪还击。在鏖战中他身中五弹跌下马背,昏迷过去。大洋马不停地用舌头舔他的脸,用嘴拱他的脖颈,见他醒来便将前腿跪下,让他伏身马背。就在叛匪号叫着爬上山坡的瞬间,大洋马刷地跳起,从山背钻进去。叛匪目瞪口呆地看着它驰出袭击圈,没入远方。三个小时后,大汗淋淋的军马星夜奔到我军后方医院,用铁蹄踢开值班室的门,才口吐白沫躺倒。兽医从它身上取出与刘股长同样多的弹丸。刘股长感激大洋马的救命之恩,更是爱马如子。人畜白天形影不离,晚上睡则同室。几年后刘股长当上团参谋长,仍每天坚持把军马洗刷干净,清早牵着马儿溜达一会儿。

即便在最艰苦的剿匪年月,他身上哪怕有一块干粮,也要和军马分开吃……"

"……1981年冬天,鄢排长蹚着没膝深的大雪来到哨所,冻得直打哆嗦,摆弄了半天炉子,火苗老是燃不起来,牛粪烟子呛得他咳嗽不止,熏得眼泪直流。门外'嘻嘻'几声,一阵脚步远去。他觉得蹊跷,出去爬上房顶一看,原来烟囱让人堵死了。正当吴老兵为自己的恶作剧获得成功在班里大肆渲染时,鄢排长已在门口站定。'小吴,你为啥和我过不去?'纠正一下,论年龄军龄你都得尊我为吴老兵。为检验你当骑兵排长的能耐,本老兵特意考验一下你的度量。'鄢排长略一沉吟说:'咱俩一言为定,要玩就玩个痛快。现在咱到雪地上"碰鸡",谁输了趴在地上学三声狗叫。听说你骑技不错,赶明天我要拜你为师。'他俩从此成为好朋友。人生的意义和对理想的追求,渐渐改变了这位受过挫折的老战士的思维结构。后来他的精神面貌焕然一新,入了党还当上了班长。鄢排长患病后相继在团卫生队、日喀则某野战医院、西藏军区总医院、四川成都某医院治疗,然而他平静地死去时,只是默默地躺在家里的床榻上。他活着的时候曾带出一个先进排。巡逻、训练、施工等,骑兵排都以旋风般的速度成为全连的火车头。鄢排长直到死前的最后时刻,都在轻声呼唤枣红马的名字……"

"……六十年代在宣布刘参谋长转业的同一天,也宣布了大洋马退出现役。分别那天,人畜四目相对,珠泪涟涟……"

"……高原缺氧的恶劣环境像一条毒蛇,无时无刻不在吞噬人的肌体。鄢排长的病来得太突然了。1984年是团里三年边防建设进入关键的一年。你知道,边防战士把土房子叫'干打垒'。这种房子低矮狭窄,不采光,室内寒冷,光线昏暗。逢下雪落霰,屋顶上的泥土变得松软,屋漏床湿。直到1980年总后首长驱车到该团视察时,才对此锁上眉头。三月份,骑兵排的采石任务进展顺利,鄢排长的腹部却开始由隐隐作痛到剧烈阵痛,抡起大锤就会头昏眼花。那天他终于坚持不住,晕倒在采石场上。郑副团长逼他到卫生队检查,王医生摸过他的右上腹后,脸色变了……他患的是淋巴癌,已到晚期……"

"……斗换星移,刘股长当年在雪山草原横枪跃马的英姿和大洋马的故事,一代代流传下来,成为哨所传统教育的话题。今天的哨所,依然离不开这些'无言战友'。一到冬季,大雪掩埋了道路,送急件、转移重病号、巡逻查桩,都要靠军马劳作……"

"……鄢朝友同志只活了二十二个春秋。"

我骑着马儿,独自沿着宽阔而干涸的河床向上游走。据说前面有一座乱石垒成的小坟。鄢排长曾对巡逻归来、裸露上身在牛粪火旁抹澡的吴老兵说:"你体形健美,肌肉发达,真像米开朗基罗雕塑的青年壮士大卫。等我下次休假时,一定买个大卫像送你。"后来鄢排长休假途经繁华的都市,却在一家霓虹灯闪烁的商店受辱。大卫像放在货架高处。经理正忙着数一个外国佬的美金,数完后又像条哈巴狗似的应酬不休,根本不愿搭理这个黑不溜秋的西藏兵。鄢排长不善言辞,两句话没说完,经理的耳朵像驴一样扇动几下,眼球下方的小肉坠一颤一颤:"穷酸大兵,真不识时务,我偏不卖给你。"鄢排长第二天启程返藏,抱憾终身。吴老兵是血性男儿,几年来一直感激排长的"知遇"之恩,听说排长在内地死去的消息泣不成声。他在河谷上用乱石垒起一座小坟,把排长的照片埋在里面,借以拜祭死者的亡魂。

我恍惚中……觉得那是一个清明节。风雪刚刚歇息。一个满脸悲怆的军人踏着没膝深的积雪,牵着枣红马来到坟前。他先用手拍起一座雪碑。雪碑宛如精美的玉雕一般,晶莹光洁,在群山莽原里赢得一个小小的位置。然后伸出通红的手指,在雪碑上写着"骑兵排长鄢朝友烈士之墓"几个字。再放上一个用画报纸剪成的小花圈。

纸钱飞舞。脱帽致哀。

"排长——"一声撕心裂肺的叫喊,他匍匐雪地,号啕大哭。

枣红马凄惋的嘶鸣在雪线荡开……

沉默的子弹

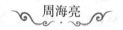
周海亮

不过一束光,他就知道,生命不再属于自己。

光暗淡,微弱,灰白,转瞬即逝。他正掬一捧水,水送至嘴边,光悄悄划过他的眼睛。他愣住,呆住,僵住,冻住,不敢蹲下,不敢趴下,不敢逃走,甚至,不敢呼吸。他知道那是瞄准镜反射的光芒。狙击步枪的瞄准镜,冷酷并且精确。

他能够想象瞄准镜后面的眼睛。眼睛扣上瞄准镜,他的眉心即刻与十字中心完美地重叠。现在,草丛间隐藏的狙击手随时可以将手指轻轻一钩,让他在瞬间死去。

甚至来不及挣扎,来不及惨叫。甚至来不及颤抖或者抽搐。他似乎看见子弹从草丛里蹿出,冲开稀薄的空气,螺旋状飞行,将他的眉心刺出一个圆圆的小孔。小孔散出淡淡的青烟,一缕金黄的阳光从小孔里灵巧地穿过,然后,照上枪手仍然冷峻的脸。

恐惧排山倒海,将他吞噬。他弯着腰,不敢动。

其实他有两个选择:其一,他一个鱼跃,扑向并且抓起旁边的步枪。填满子弹的步枪被扔在两米以外,两米距离,半秒钟足矣;其二,他一个侧翻,滚向并且逃向与步枪相反的方向。那里有一个茂盛的灌木丛,那些灌木或许可以救他。可是他没有动。他权衡很久,终于放弃。他知道不可能成功——他知道草丛里的狙击手绝不会给他任何机会——这样的距离,瞎子也不会射偏。

他在丛林里度过半个多月。半个多月时间里,他连睡觉都睁着眼睛。每一秒钟他都高度警觉和戒备,头盔压得很低,手指扣紧扳机。他趴在河边的灌木丛里观察很久,直到确信这里就像自家院子一样安全。然后他走出来，卸掉步枪，卸掉干粮，卸掉水壶，卸掉头盔。他需要喝点水，吃点干粮。他需要让他的呼吸变得轻松。他需要让他的心脏正常跳动。他需要将紧绷的神经放松片刻。

于是他成为靶子，成为羊，成为猪，成为死去的士兵。百发百中的步枪近在咫尺，此时却更显多余和滑稽。是的，他仍然是兵，只不过他是死去的兵。暂时还活着的死去的兵。这想法令他绝望和悲伤。

他不知道他们对峙了多久。一分钟？一小时？还是一个下午？他弓着身体，捧着两手，如同在向看不见的敌人讨求一片饼干或者一颗子弹。当死亡被无限抻长，当死亡带来的恐惧被无限抻长，就等于经历过很多次死亡。似乎真是这样，一分钟、一小时或者一个下午，年轻的兵在意念里被他的敌人射杀过多次。每一次他都闭了眼睛，每一次他都没有倒下。然而枪手的枪，迟迟没有响起。

突然他很想坐一会儿。终是一死，为什么不能舒服一些呢？为什么不能早一些呢？甚至，为什么不能试试运气呢？他慢慢放下双手，草丛不见动静；他慢慢往旁边挪一步，草丛仍然不见动静；他一点一点蹲下，草丛还是不见动静。坐上石头的那一刻他流出眼泪——滚烫的石头带给他前所未有的舒适感和幸福感。

枪手迟迟不肯将他射杀，这说明，或许，枪手根本不想将他射杀或者他根本不值得枪手射杀。然而他仍然不敢拾起步枪。他深知步枪对他意味着什么，对潜伏的枪手意味着什么。他试探着抓起干粮袋，又试探着从干粮袋里拿出饼干。枪没有响。他从小河里掬起一捧水，又试探着将那口水喝下。枪没有响。他笑了。他知道现在，只要不去碰枪，他完全可以从容地离开。他向草丛举起两手，向一颗沉默的子弹举起两手。他高举两手退向岸边，又冲草丛做一个滑稽可笑的鬼脸。他再一次看到那束光——只有当瞄准镜轻轻晃动，那束光才会出现——他知道枪手被他逗笑。

他转身，枪没有响。他将粮袋背到身上，枪没有响。他戴上头盔，枪没有响。他一步步接近灌木丛，枪没有响。他将一只脚踏进灌木丛，枪没有响。突然他认为该给潜伏的狙击手留下一点东西——饼干、罐头、巧克力、烈性酒、钞票……什么都行。枪手放过他，等于救下他。

他毫无戒备地将手伸进怀里。枪响了。

绝影

邓洪卫

　　我是绝影。乃大宛名马。属汗血宝马之极品。何为汗血？跑起来，颈部上方流的汗像鲜血一样，十分惊艳。何为绝影？跑得快，快得连影子都赶不上。我体形优美，相貌出众，为马中之帅哥。西凉国将我进贡与汉廷，其时相国董卓专权，使者便将我送到相府。我远观董卓，以为是英雄，近视，却总是嗅到其身上有污浊之气。我自知未遇明主，身心很是不爽，由此头昏脑涨，无精少神。

　　这一日，相府中来了一位英雄。此人姓曹名操字孟德，特来府中献刀。献刀是假，原是行刺。董卓却浑然不知，问曹操因何来迟。曹操说，我的马老弱，跑不动了。董卓回头对吕布说，西凉进好马，可去挑一骑与孟德。吕布是怀有私心的，他和曹操素有不睦，不想挑好马，将昏昏欲睡的我牵出来。我透着门缝看到了董卓面内而卧，而曹公正暗中抽刀，我心中大惊。想到曹公虽能刺死董卓，却不能逃脱吕布，便仰天长嘶。这是我到中原的第一声长嘶。曹公听到马嘶，立即跪倒在地，假戏真做，献上七星宝刀，瞒哄过董卓。

　　曹公不敢久留，告辞出府，本要回家，我却驮着他径直飞出东门。刚出东门不久，吕布纵赤兔马追赶过来。人道是"人中吕布，马中赤兔"。曹公很紧张，以为今日必死矣。再回头看时，却不见吕布与赤兔，不由得抚着我额惊道，脚力胜过赤兔，真乃天马也。自来是"红粉赠佳人，骏马识英雄"。我仰天长嘶，叫声十分悦耳，有龙吟虎啸之声。曹公虽博学，却不识马语，茫然不知我是何意。我是在欢呼雀跃：绝影幸得明主矣！从此跟随曹公，征讨四方，纵横天下。

　　奔逃途中，过中牟县，却遇一险。曹公被衙役识破，捕至县衙。县令陈宫见到曹操，与我的心情一样，精神为之一振，自觉遇到明主，欲弃官随曹公一起逃走,起兵讨董,曹公自是高兴。行了三日,到了成皋地方,曹公到其父故友吕伯奢处觅宿。因错听了奴仆的话,误杀了吕氏全家,曹公仓皇出逃,并对陈宫说了一句著名的话:宁教我负天下人,休教天下人负我。曹公的言行惹恼了陈宫,觉得曹公跟董卓乃一条道中人。在旅店投宿时,曹公酣睡,陈宫在院中踱步,忽转身,决心要回屋刺杀曹公。我打了一个响鼻,叫住了他。我对曹公是理解的,虽然言行有些极端,但不影响他成就霸业。毕竟他是心怀天下的英雄,怎能用常人的眼光去看待,争一朝一夕之得失?我衔住陈宫的衣襟,使劲摇头。陈宫乃绝顶聪慧之人,明白我的意思,独自一人,黯然而去。多年后,曹公在白门楼又见到陈宫。此人误辅吕布,兵败被俘。曹公很想感化他,可陈宫一心向死。曹公无奈,只得将其问斩。如果当初陈宫能理解曹公的误杀,跟随曹公征战,就不会错保吕布,也就不会被曹公所杀。人生有很多偶然,一个偶然就会改变一生的方向,乃至国家的走向。当然,这些都是后话。那时候,我已在宛城之战中阵亡。

好了,现在,该说说那场惨烈的宛城之战了。这次曹公的惨败程度仅次于赤壁。多年以后,西川有个别驾叫张松,到许都来见曹公,一语不合,吵了起来。曹公怒道,吾视天下鼠辈犹草芥耳。大军到处,战无不胜,攻无不取,顺吾者生,逆吾者死。汝知之乎?张松却面无惧色,讥笑道:丞相驱兵到处,战必胜,攻必取,松亦素知。昔日濮阳攻吕布之时,宛城战张绣之日;赤壁遇周郎,华容逢关羽;割须弃袍于潼关,夺船避箭于渭水。此皆无敌于天下也!几句话说得曹公大怒,要杀张松,亏得别人求情,才把张松逐出许都。

后话就不多说,接着说宛城之战。曹公征讨张绣,兵不血刃,进了宛城。也就是说,张绣已献城投降了曹公。曹公很高兴,对张绣大为赞赏。张绣也很感激曹公,表示再无反心。本来相安无事,皆大欢喜。可曹公高兴得过头,有点晕乎。夜晚孤独,想找个女人消遣。这也无可厚非。曹公旷世英雄,英雄爱美女。如果他的侄子曹安民找来别的女人也没什么,问题是竟然找来张绣的婶婶邹氏。而且,邹氏很爱慕曹公。最大的问题是,没有不透风的墙,此事被张绣得知。张绣大怒,以为羞辱,连夜起兵,攻进了曹营。

彼时,曹公正在营中与邹氏饮酒作乐,全然不知祸事来临。我已嗅到战争的气味,在帐外暴躁不安,可曹公却沉浸于欢乐之中,哪里顾得上我。张绣的兵马四面围住大帐,曹安民才跑进来报信,把曹公扶上我。我奋开四蹄,一连踢倒数名敌军,突围狂奔。而曹安民还没来得及上马,就被张绣一枪挑死了。张绣的人马在我后面死命追赶,边追边射箭,我身上连中三箭。

要是别的马就趴下了，可我是宝马，熬得痛，耐力好，速度依然不减。可就在这时，从左边方向射来一箭，正中我的眼睛。那真是一个痛啊，险一险就倒下了。可我稳住精神，仍奋蹄疾驰。那时，我的身上汗血和鲜血一齐流淌，洇红了曹公的衣襟。直至将曹公驮到淯水对岸安全地带，我再也无力跑下去，怆然倒地。一时间，淯水河岸汗血满地。待张绣赶到，曹公已换马逃遁多时。张绣叹道，真乃神马，马尚如此，何况人乎？以为曹公有天神相助，不再追赶。并将曹昂、曹安民、典韦和我都安葬在淯水河边，且立上碑。我的碑上刻着：天马绝影之墓。

又一年，曹公率军再讨张绣，到了淯水河边，在四座墓前一一拜祭。先祭典韦，再祭曹昂，再祭曹安民。到我这里，曹公道，若无绝影，我命休矣。我在里面有了感应，一声长嘶，声震天地。曹公对身边的人说，你们听到绝影在呼唤我吗？身边的人都摇头。曹公说，绝影言道，假如还有来生，愿再与我纵横驰骋，成就霸业。话音刚落，坟头上有汗血渗出，洇红了沙丘。

曹公放声大哭。三军怆然。

的卢

邓洪卫

    我是一匹马，名字叫的卢。南宋辛弃疾曾有一词"马作的卢飞快，弓如霹雳弦惊"，说的就是我。我虽暗哑牲口，却通人性。本是海中一龙，因错遭贬，为黄巾军人张武跨下骑物，后被赵云所夺，送予其主刘备。刘备并不珍惜，又将我送予刘表。刘表自然高兴。可其手下有个蒯越，最会相马，看出我的不一般来，说，此马眼下有泪槽，额边生白点，乘之妨主。刘表吓得又把我退给刘备。从此我就与刘备相伴。有人也曾把蒯越的话说给刘备，可刘备不以为意。这一点使我深受感动，我当时就发誓要用一生的忠诚来回报他的宽仁。可跟随他不久，我就感觉到此人宽仁是假，实则虚伪。哭哭叽叽的，装好人，内心其实很虚伪。他的虚伪事无须我多说，您比我更清楚。

    我救过刘备的命。当时我跟随他不久，身上就显出龙性。刘备被刘表手下的大将蔡瑁从新野"请"到襄阳，参加一个宴会，会场四周埋伏刀斧手，伺机将刘备乱刃分尸。可消息走漏，刘备慌手忙脚地骑着我逃出来，连他的警卫赵云将军都不顾。我驮着他跑出西城，前面有檀溪挡路，后面蔡瑁大队人马追杀而来。刘备好不惊骇，我感觉到其双腿"嘚嘚"发抖，我脖子上的铃铛被他震得"丁当"直响。追兵临近，我却站立不动。此人发出绝望哀叹，的卢的卢，今日妨吾。就是这句话，惊恼了我。一为报他不弃之恩，二为洗刷妨主之名，我一声长嘶，腾空而起。刘备吓得闭上眼睛，紧紧地抱着我的脖子。待睁开眼睛，已在河对面。这家伙有点发蒙，不谢我，反而仰脸问天，难道有天神助我？我暗骂，鬼个天神助你！

    就在那次逃亡途中，他听水镜先生司马徽说了一句话，伏龙凤雏，得一可安天下。从此，他便开始寻访这两位高人。伏龙就是诸葛亮，凤雏是庞统。伏龙是被他三顾茅庐请出来的，而凤雏是后来投奔他的。说老实话，我

不喜欢诸葛亮,他成天手拿着羽毛大扇,跟刘备一样,喜怒不形于色,装深沉。而凤雏先生一到荆州,我第一眼就喜欢上了他。此人单纯,善良,是一个真君子,不像诸葛亮那样成天算计人。

凤雏先生年轻时并不出色,长相黑丑,做事又笨拙,别人都看不起他,只有叔父庞德公对他另眼相看。庞德公喜结天下名士,司马徽、诸葛亮、徐庶等,都是他的好朋友。庞德公经常向他们说起凤雏,司马徽等人都一笑了之,不以为意。

一天,司马徽正在树上采桑,一人坐在树下跟他攀谈,越谈越投机,树上,树下,直谈到深夜。司马徽跳下树来,问其姓名,下面这人说是庞统。司马徽方才觉得庞德公之言不虚。

凤雏先生爱说别人好话,总是过誉。很多人都觉奇怪。先生说,现在天下大乱,好人少恶人多,多说别人好,好人当更好,不好的人会做好,有利于推动良好的社会风气。

先生慕名来投刘备,其实是一个错误。刘备一开始很不喜欢他,就把他打发到耒阳做县令。后来又找个碴儿,免了他的官。是诸葛亮、鲁肃极力推荐,才把他找回来。刘备与之谈论军国大事,感觉很好,于是拜先生为治中从事,不久又与诸葛亮同为军师中郎将。

我既非凡物,就懂得他们的心思。其实诸葛亮举荐先生,并非和鲁肃一样胸襟宽广,而是存在一定私心。那时,诸葛亮已与关张兄弟有许多矛盾,刘备也并不信任他。他在寻找合作伙伴。他跟先生是多年好友,他推荐先生,主要是想给自己找一个帮手,共同制约刘备。可先生是正人君子,并不懂得这些,只一味给刘备出谋划策,不问政治。当刘备将先生提为军师中郎将时,诸葛亮悟到刘备用心,十分后悔把先生推荐过来。

建安十六年,刘备兵进西川,没有带诸葛亮,带的是先生。诸葛亮很不高兴,知道刘备是有意疏远自己,培养先生。

我既然是刘备跨下之物,就得听他使唤,跟随他征战沙场。西征途中,攻城略地,倒也顺利。可在进军雒城之时,遇到了麻烦。

进军雒城有两条路,一大一小。先生跟刘备兵分两路,出击雒城。先生走小路,刘备走大路。那时刻,我意识到危险,知道先生此去再不能回还矣,好生不舍!怎能让一个正人君子就此离去?我暗施法术,一是给刘备托梦,梦到他断一臂膊,让他知道先生此去不吉。可先生并没有往心里去。临行前,我吹了一口气,先生的马立刻卧倒,将先生摔了下来。我以为先生会有所悟,可先生是实在人,还是坚持出征。这时候,刘备提出换马,将我让予先生,他自骑先生劣马。他就喜欢做这样收买人心的事儿。

那一刻,我的心里是多么高兴,虽知此去危险,不能再回还,但从此脱离伪君子,跟随正人君子赴死,死何足惜。不是有一句话吗? 叫士为知己者死,女为悦己者容。我是一匹马,也要为自己喜欢的人献出一切。

这一去的结局,你们都知道,无须我多讲。落凤坡,成了我和先生的葬身之地。箭矢如雨而下,刺透先生的身体,我心疼不已。我眼角有泪槽,却从未落过泪,那一次泪如泉涌。我也可以像在檀溪救刘备一样,将先生驮离险境。可我没有。与其让一个正人君子受一个伪君子糊弄欺骗,不如让他去死。

先生死了,他并不瞑目,还在遗憾着自己未能帮助刘备成就兴汉伟业。他就是这样单纯,死也没有想到自己,一心想着别人,想着事业。刘备来了,扑在先生身上,放声大哭。他不是哭先生,而是哭自己。自己一心想培养先生,想让先生来节制诸葛。而先生死了,诸葛亮最高兴,在蜀汉内部,他可以独揽大权。

我再也忍受不了人世间的虚伪,转身,撞向旁边的崖壁。

我宁愿触崖而死。

兵爸爸

庄 学

"兵爸爸"是在父亲高兴时,我们才敢围上去叫的。父亲高兴时就会用他那钢针般的短胡楂去亲吻我们稚嫩的面孔,直刺得我们其中一个感动得鼻涕眼泪一大把,最后不得不挣扎出他有力的臂膀哇哇乱叫着逃向远方。

父亲不高兴的时候也很可怕,那通常是因为他的营队遇到了什么问题或者被竞争对手盖了去。每当这时候,回到家里的父亲横挑鼻子竖挑眼,不是母亲的家务做得一无是处,就是我们这帮崽子们调皮得令人气恼。这时候,我们会察言观色,唯有老老实实地待在一旁垂手而立惶惶不安,大气不敢乱出。有一次我斗胆地嘟囔了一句,被正在盛怒之下的爸爸奖励了一皮鞋,使我很亲热地与地板亲吻了一下,好半天没有爬起来。(不是我不想起来,为了我的尊严和自尊,我必须多趴一会儿。)那可是一双铮亮的军用皮鞋啊。以致后来我一见那铮亮的军用皮鞋立在床边就条件反射般地头皮发麻,见周围无人时才敢上前斗胆地在那双铮亮的军用皮鞋上狠狠地踹一脚。

现在我同父亲坐在初春温暖的阳光下说起这些往事,敢直面说他是军阀作风了。已风烛残年的父亲全然没有了当年的雄风,他眨巴眨巴已经昏花的眼说:我踹过你吗? 我可是最疼你们的呀,包括现在。

不管父亲承认不承认,在他的档案里实实在在地记载着立了三次大功的奖励和受过两次大过的处分。这功过说明父亲是英雄但也是带有浓厚草莽习气的英雄。有一次立功是父亲带着侦察班在夜间追上了溃逃的一营敌人,父亲巧用策略,不费一枪一弹俘获了二三百名国民党兵。父亲犯错误也如同立大功那样创了极端。那是在紧张的战役间隙,他所带连队的一个兵与房东姑娘有染,村里的百姓们议论纷纷。父亲知道后,一怒之下拔枪把那个兵毙了。房东姑娘和其父母告到了上面,父亲就受到了第一个大过处分,并被调离了带兵的位置。第二个大过是在全国解放以后部队转入了正常的教育训练时期得的。一次战术演练,风雨中事务长没有按时把饭送上阵地。已当了营长的父亲这次又急了,不顾教导员的劝阻,拔枪要打事务长。事务长见势不妙,躲在了教导员的身后,子弹射在地上溅起了簇簇泥土。教导员肚里有墨水,给领导打了个报告,把这个事情提高到了建军的高度上。这次比不上战争年代了,虽然没有伤人,但性质严重,在部队正规化建设中有典型意义,父亲就被"杀"给了其他的"猴子"们看。

对于这一次受大过处分,父亲自我解嘲地骂道:他娘那个脚,我将功补过,还余出来一次大功哩。

父亲也读过两年私塾,可这点文化被学生兵给比得见了拙。战争年代走出的老兵与学生兵各有所长也各有所短,曾经是水火各不相融。父亲就大骂那些批评"枪击事件"的大学生排长们:娘那个脚,老子流血打仗的时候你们在哪儿了? 还在你爹的大腿转筋哩。妈的,将来在战场上误事就不是死他一个的事了。

在那几天里,父亲回到家,脸上阴沉得可以拧出水来。我们也不敢随便叫他"兵爸爸"了,都乖乖地趴在床上写作业,一个个老实得像三好学生。

就在父亲烦躁得不能自已的时候,一位漂亮的军医阿姨来到了我们家。后来等我们稍大一点的时候,从母亲嘴里我们才知道,这位漂亮的军医阿姨崇拜英雄般的父亲,心仪已久。而孔武的父亲在军医阿姨面前则像另外一个父亲。一种美好的情愫在他们的潜意识里流淌。

此时父母亲与这位军医阿姨就坐在里屋郑重其事地讨论着什么事情。我们几个在外屋支棱着耳朵听里屋的动静,相互间还挤眉弄眼。实打实说,我们也是在享受军医阿姨柔情话语里语音语调的魅力哩。

说来惭愧,那天他们三人在里屋嘀咕了足有半天,我们偷听的具体内容却不是十分明了。大概是母亲对父亲的数落和军医阿姨对父亲娓娓动听的规劝。军医阿姨说:严格带兵是有尺度的,不是蛮干、胡来,这样子充其量也就是个草莽英雄、绿林好汉。无情未必真豪杰。这些不仅体现在工作,也体现在对人和对家庭。说这些话时,我想象着军医阿姨漂亮的眼睛直视着父亲的情景。总之,打那天起父亲的脾性就有了质的改变,也有了那份简单明了的深刻检查。

后来的日子是漫长的。在后来的日子里,父亲再也没有立过大功,也再没有受过处分。毕竟是和平时期了,再硬的棱角也会被似水的流年打磨得

圆润一些了。也许和平时期社会更需要圆润。

多少年以后，已经长大成人的我们问母亲：那时就不怕父亲跟军医阿姨有点什么？母亲说：他是个啥样的人我还不清楚？放开了也跑不到天边去。

后来的父亲因文化水平低，去陆校学习跟不上趟而中途辍学，没有当成将军，但我们家的幸福生活还在继续着。我更为充分地享受着这种幸福，因为父亲再也没有奖励过我军用皮鞋。

路班长

庄 学

路班长想做将军。他常对我们吹道:将军我见得多了去了。接着随便扳着指头数出来的名字都是如雷贯耳。他说:他们小的时候干什么? 戳牛屁股。

路班长吹牛是有根有据的,据说他的父母都是京城里的几级高干,起码是省部级吧。不信你去打听看看有没有姓路的高干,如果没有,那一准是出生入死干革命时隐名埋姓了。所以路班长见多识广。

路班长是我们集训队的班长,虽说只有几个月的时间来管我们,但他把这个班长做得一丝不苟,极有将军的派头。每天带我们野外训练时,路班长就会神气地把一具斑驳陆离的五四式望远镜挎在胸前,很牛地在队前领着我们一帮新兵蛋子走过小村庄,这一刻总能引来无数热热的眼光。久了,我们发现其中一个红衣少女的目光总是随着路班长转,而且我们在野外训练的地方也总能与这红衣少女不期而遇。红衣少女在我们眼前飘来飘去如同一团火红火红的火。不经意间,我发现了路班长的望远镜常常向那团火望去。

训练虽然枯燥,路班长的神吹闲侃却是我们享受的精神大餐。夜里熄灯号一吹,我们就要求路班长开吹。有时路班长稍一拿架子,我们其中的一个就急忙从自己包里拿出专门孝敬老兵和领导的"黄金叶"烟给路班长递过去。路班长抽着"黄金叶",一点红光在黑黑的夜里忽明忽暗。于是就在这一个又一个的黑夜里,我知道了令人扼腕的《魂断蓝桥》、流浪的拉滋,也知道了报纸广播以外的京城那个圈子里的野史趣闻。路班长讲起福尔摩斯探案是声色并茂:在这阴森森的房间里,夜风从窗户穿过,窗帘飘忽,蜡烛摇曳着发出惨淡的光。突然——路班长停下来猛吸一口烟,黑黑的宿舍静极

了——楼上发出了"啪嗒、啪嗒"的脚步声……这样亲临现场般的恐怖叙述,不禁使夜色包围着的我们毛骨悚然,但又像吃了鸦片似的极想听下去。

路班长就是这样的魅力四射,射得我们一干新兵蛋子晕晕乎乎地跟着学。学路班长的京腔,学路班长将军般的架势,等等。在集训队的几个月里,我们最大的收获是学会了像路班长那样"善待"生活、"简单"地生活。比如说买一打袜子,穿脏一双往褥子底下一塞,再穿新的。一打穿完,再将褥子底下的袜子统一洗。或者连洗都不洗,把一堆脏袜子统统挂在外面的铁丝上让雨水一淋,再从头挑稍微干净的轮回穿。枕巾则是先对折枕,待两面都枕过,再反过来对折枕,这样洗一次枕巾就可以用好几个月。集训队的四川老参谋恶狠狠地骂道:懒蛋班长带出了一窝儿懒蛋兵。

路班长在生活上虽然简单,可是干起活来从不惜力,常常是泥一身水一身的,全然没了高干子弟的派头。所以路班长上下口碑甚好。可是使我们大惑不解的是路班长争取入党也有好几年了,但都未获批准。后来有知情者透露,一则是他的高干父母还没有"解放",二则是因为他与一帮子弟们曾反过江青被关过,档案上带着哩。

有一天,路班长的女朋友玉从京城来到了集训队。玉的父母也是很有级别的。玉见人不生,有时到班里与我们闲侃。玉的闲侃以情致见长而别开生面,其水平使路班长相形见绌,待在一边只有听的份儿。

熄灯以后,路班长在临时家属房里还没有回来。新兵张撺掇着我们几个去听房,说是两个能侃的在一块儿,一定会侃得很有意思。我们悄悄地躲在玉住的临时家属房的窗户下面,半天什么声音也没有听到。我们不禁有些失望。新兵张很有经验地悄声笑着说:忙着哩。就在我们准备离去的时候,忽听玉说:路,咱们没有缘分了。那个人已经追了我很长时间,并且帮我和我的家办了不少的事,我违背不了我的父母。……听着听着我们替路班长着了急,想路班长一定会愤怒地咆哮起来。谁知路班长平静地说:其实你一来我就知道你的意思了。没啥,你也别多对不起我似的。不就是一政治错误嘛,大不了我在我父亲的老部队里再多干几年。我不信这形势就一直会这样?!

我们一个个垂着头沮丧地回到班里。唉,路班长的事业、爱情、家庭……

集训队结束以后,我们就与路班长分开了。因为还是一个团队,路班长的消息倒是不断地听说。听说路班长照样地神侃,身边仍然有众多痴迷的听众;听说路班长仍然是憧憬着做"将军",喜欢着"将军"的一切;也听说路班长与驻地的一名女子过从甚密,那女子喜欢穿一件火红火红的上衣。

最后——这故事假如有最后的话,最后路班长仍是"群众",一个人独自回到了北京,那是1976年的初春。在送路班长上火车时,我左顾右盼后,吞吞吐吐地向路班长问起那红衣女子的事情。路班长就那样平静地对我笑笑,然后以特深沉特饱经风霜的样子说:发展下去说不定又是一场悲剧哩。

火车走了,人也稀疏散尽。我突然发现一红衣女子站在料峭的春风里向渐行渐远的火车望去,在灰暗的世界里如同一团燃烧的火。

白脸的包公——唐军

庄 学

　　唐军是我们这批战友中最有出息的,官至副军。就他那驴脾气能熬到这个地步,出人意料呀。我们打趣他是修成正果的和尚。

　　我们炮团里有句话:白脸的包公,黑脸的秀才,黄脸的就数他麻缠。这白、黑、黄指的是三个连长,统称"炮团三杰"。而白脸包公说的就是唐军。

　　唐军的驴脾气或者说二球性格是连团长都感到棘手的。那是唐军当了三年连长的时候,连队杀猪。放出的猪血还未凝固,副团长就派警卫员从连队的伙房提溜走了两只猪耳朵和四只猪蹄。这要搁到别的连队,连队领导怕要幸福好几天哩。唐军知道后,派人从大操场上把这猪耳朵和猪蹄截了回来。这事在团里上上下下闹成了大动静,沸沸扬扬的。当下副连长很尴尬,和指导员商量着要去副团长那里说明一下。唐军说:球! 副团长连个猪耳朵也买不起? 从兵们口中夺食呢!

　　这事刚好叫下部队检查工作的军副政委听说了,副政委说:呵呵,这个小唐,蛮有性格的嘛。

　　副政委随便说说的话不是指示,但通过某些嘴传了下来,比指示还指示呢。唐军本人也被罩上了一层神秘色彩。但是有精明人士分析:唐军的军事生涯恐怕快要画上句号了。细想想,这话也不是没有几分道理。

　　不管你唐军如何神秘,有这样的一个刺头连长在下面放着,不说副团长不安,就是团长政委也怕哪一天有人把团里不该捅的事情捅到了上面。谁的身上没有点毛病呢? 正在这时,上面分配下来一个到炮兵指挥学院上学的指标。团里一致通过,这个指标给了唐军。

　　唐军高高兴兴去深造了三年,还拿了个本科文凭哩。

　　也该唐军好命,三年学习回来正赶上了重文凭的风。三年前的那个副政委也升任了军政委。在一次偶然查看名单时,他依稀记起了"蛮有性格"的唐军。唐军回到炮团,不仅有了位置,还直接坐在了参谋长的位置上。

唐军下了狠劲想使军事训练上个台阶。唐军就组织了营、连、排三级射击指挥员的培训班,每日的训练和考核进度名次标示在一块大型板块上,还将前三名和后三名分别用红色和蓝色突出了。这板块就放在了人来人往的大操场边上。这一下就有了人人争先恐后的味道。但是个别文化水平低的连长就吃力了,其中就有一个叫李来群的连长。李来群当连长军事技术逊了点,他看自己的名字每天都在蓝色阵营里挂帅,吃不住了,就去找团长。团长在观看培训班的训练时委婉地建议唐军,在严格训练管理的同时,考虑人性化的因素。

唐军一听就明白了咋回事,顿时又想发驴脾气,但转念一想就忍住了。但是在一次团训练分析会上,唐军说:那个李来群和张为东挺适合去做后勤工作。当军事指挥员,不称职!当下团长心里就有些那个。当然,李来群后来还是去了团后勤处当了个军需助理员,并且干得如鱼得水。这是后话。

这样的副手虽然用着棘手,但是训练抓得还不错。唐军不知是不是真的对团长的内心浑然不觉,反正一门心思用在了部队的训练上,接二连三地又搞了各个专业分队的集训,下的手段也狠,一时全团上下说"唐"色变。在下半年的全军区的大比武中,炮团竟然破天荒地夺得连射击的第一名和个人名次的前两名以及全部名次的三分之一。这一下炮团名声大振,唐军名声大振。所以团长给上级领导建议说,唐军应该到更能发挥其才干的地方,不能耽误了个人前途。

军政委自信没有看错唐军这个人,就把唐军调任炮兵师参谋长。应该说,唐军在仕途上迈出坚实的一步,就是在炮兵师参谋长的位置上。

唐军在师一级班子里是最年轻的,师长在军事院校学习,政委在任也有六七年了。唐军就时常提醒自己,注意收敛自己的驴脾气。

有一年的夏末,驻地遭受了百年不遇的大洪水。政委身体不好,却要去一线。唐军耍起了驴脾气,坚持让政委在后面坐镇负责全面的指挥协调,自己年轻,应当上一线。这样,唐军就把自己的一线指挥所设立在了大堤上。

那一个多月,唐军率领部队在大堤上摸爬滚打,与洪水展开了殊死的搏斗。闲暇时,唐军常常披件雨衣,愣愣地望着浑浊的滔滔东去的江水出神,仿佛在看作战沙盘,但那神情又好像在反思自己走过的一生。

这时,从大堤的那面走过来一大群人,中间一位首长与大校衔的唐军握

了握手。旁边有人介绍,这是把指挥所扎到大堤上的唯一的师职指挥员。首长把唐军的手握得更紧了,并亲切地给唐军说了几句话。

没有几天,军报就登出了首长与唐军握手的大照片。

后来的唐军一路春风,官至副军。听说当时的师政委想到自己在这个位置上坐了这么多年,一次机遇就这样擦肩而过,不由喟叹:时也,运也。

如今的唐军脾性和蔼多了,基层的士兵说:首长白净净的脸,慈眉善目的,从不轻易对我们发脾气。

萨布素的信使

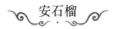

安石榴

杨阿福接过公文套封，上面赫然写着"马上飞递，六百里加急"。杨阿福从上司的眼睛里读到了不容置疑的肃穆，他不由自主地挺直了脊背。

这正是北中国最寒冷的时候。"大烟炮"轰隆隆一阵紧似一阵地冲撞着驿站的窗户，它们从西伯利亚来，裹挟着野蛮霸气的寒流，一路横扫贝加尔湖、黑龙江、乌苏里江，可以在不到一个时辰里把人畜冻成冰坨。而且……这些都不算什么。

杨阿福两只穿着厚重乌拉的脚摆成八字，皮腰带深深勒进腰间，把臃肿的驿服整饬得威武，公文套封扎实地捆在背上，他目光沉静地望着等待他的马。

这时候，"大烟炮"骤然停止。

那是一匹蒙古马，通体闪着枣红色缎子般光泽的儿马。它鼻孔喷出两股白气，忧郁的眸子对视杨阿福黑亮的眼睛。杨阿福一边的嘴角挑了一下，轻声说："伙计，这一次是六百里加急，换马不换人。我阿福可是把脑袋别在裤腰带上了，第一程怎么跑，你看着办吧。"枣红马立刻嘶鸣起来，健硕的肌肉水波纹般涌动。杨阿福飞身而上，高喊一声，马像离弦之箭飞出。

"大烟炮"重新刮起，四只矫健的马蹄在暴虐的疾风中酝酿出一股神奇的铁流，滚涌着向南，一直向南。

官道上没有人车的影子，杨阿福在沉寂的莽林中疾驰。孤寂和恐惧随着耳边的风纷纷退去，他的心紧跟眼睛死死盯住前方，他不断地策马，奔向下一个驿站。

远远的，驿站的屋檐在杨阿福的眼睛里起伏摇曳，杨阿福吞了一口唾沫，把前倾的身子挺直，声嘶力竭的喊声震颤着在寒冷的空气里传播："六百

里加急,换马不换人!"立刻,驿站里跑出几个人,一名高大的驿卒挺身迎上,双手牢牢攥住缰绳,整个身体倾斜着向后压下去。枣红马蹄下拖起一团雪雾,驯服地停下来,稳稳站住。四名驿卒迅速站到枣红马两侧,麻利地解开马鞍的种种襻扣,连同杨阿福一起高高举起,枣红马立即被牵走,一匹驿马随后补上,杨阿福重新落座马背。此时,他刚好吃完驿站送上的两块酱牛肉,喝了一壶滚烫的烧酒。杨阿福心中的血重新燃烧起来,他紧紧腰带,双腿猛地一夹,马儿飞奔而去。

杨阿福继续在沉寂的莽林中、险峻的高冈上疾驰。对于他,黑夜和白昼没有分别,虎狼的吼声和暴躁的风声没有分别,他的心紧跟眼睛死死盯住前方。过了几个驿站,喝了几壶烧酒,杨阿福没有记忆,他只牢记他必须在规定的时间内完成任务。现在,他的眉毛上结了厚厚的霜花,脸上附着一层透明的冰晶,驿服成了冰雪的铠甲。他的双脚钢钎般插在马镫里,两条腿没有任何知觉,持着缰绳的左手一点一点僵硬,右臂却异常灵活。他目视前方,不断地扬鞭策马。

第七天。天际呈现一片雄伟的红云,浩瀚而庄重的紫气弥漫了整个东方。杨阿福长叹一声:"到了!"北京城已然在望,最后一个驿站映入杨阿福的眼帘,他看着驿卒奔向自己。在驿卒的眼里,杨阿福像一座大理石雕像凝固在高高的马背上,顷刻,又像一座冰山一样轰然倒塌。

史料:十六世纪中期,沙俄不断入侵中国黑龙江流域。清朝多次出兵征剿,引发了第一次雅克萨之战。不久,沙俄势力又到雅克萨城盘踞。康熙二十五年(1686年)二月,黑龙江将军萨布素又一次奏请出兵。三月六日康熙下旨,命萨布素迅速攻取雅克萨城。经过三年浴血奋战,清朝取得第二次雅克萨之战的胜利。康熙二十八年(1689年),萨布素作为清政府谈判代表参加了《中俄尼布楚条约》签字仪式。规定从黑龙江支流格尔必齐河到外兴安岭直到海,岭南属于中国,岭北属于俄罗斯。西以额尔古纳河为界,南属中国,北属俄国。

《尼布楚条约》的签订,挫败了沙俄跨越外兴安岭侵略我国黑龙江流域的企图,使东北边境在此后一个半世纪里基本上得到安宁。

……………

他没有留下名字。"杨阿福"是我杜撰的。

他可能是云南人。

他一定是吴三桂的兵。"三藩之乱"失败后,吴三桂的部下全部流徙到黑龙江驿站充当"站人"。

　　他可能很年轻很强壮。

　　他一定思念家乡,想念父母和他的细妹子。

　　他是萨布素的信使。

幸存者

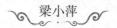

梁小萍

这是一场残酷的战斗。

埃布尔躺在横七竖八的尸体堆里,他还有一丝微弱的喘息,也有知觉,但他动不了。他没有睁开眼睛,他在努力调动一切可以调动的神经感知环境。确认周围没有异常动静,他睁开了眼睛,天空灰蒙蒙的,看不出是什么时辰,空气中夹杂着浓烈的火药和血腥的味道。

埃布尔不知道战斗是什么时候结束的,他只记得他们部队坚守阵地三天三夜,一个团的兵力最后只剩下一个排。而且从对方部队的火力可以判断出对方的兵力也很薄弱了,对方的援军还没到来的黎明时分,是他们最后也是唯一的突围机会。就在突围时,一颗炮弹在埃布尔身边不远处爆炸,他失去了知觉。

这会儿他醒了,先看看身边的尸体,没有看到自己熟悉的战友,他想也许战友都顺利突围了。他也没有看到对方部队的活人,也许对方还没来得及打扫战场,或者说已经打扫过战场了,而他漏网了。埃布尔心里突然有点儿庆幸,在确定暂时安全后,他开始关注自己的身体。他发现自己没有致命伤,只是伤到皮肉,也许是炮弹的强大爆破力震晕了他,突围时没人注意到他其实只是受伤晕了,并没有死。他坚信如果战友知道他还活着,一定不会抛弃他。

埃布尔挪动一下四肢,似乎还可以动,于是他准备挪到一个相对安全一点儿的地方。这时突然传来了说话声,他赶紧闭上眼睛一动不动,大脑仔细辨认着声音和方位,原来是对方部队的士兵在打扫战场。他顿时又是一阵绝望,双手下意识地在身边摸索。还好,还有一个手榴弹。他想就算死也要多拉几个垫背的。埃布尔没有选择,因为他是一位有信仰的军人,他从没想过当俘虏。

　　一个士兵晃悠悠端着枪朝埃布尔这个方向走来,边走边用刺刀拨弄地上的尸体。埃布尔眯着眼睛,用眼角的余光观察:这是一个年轻的士兵,估计和自己年纪差不多大。他不禁有点儿惋惜,两个年轻的生命即将消失。这一线惋惜只是一个闪念,在埃布尔的脑子里一晃而过,他的手还是逐渐握紧了手榴弹,小手指慢慢伸进了手榴弹尾部的拉环。士兵走到埃布尔的身边,用刺刀拨拉着他的身体,刀尖划过他的面颊,突然停留在他的胸口。埃布尔睁开眼睛,紧握手榴弹的那只手微微而坚定地举过身体。他双目怒瞪着士兵,士兵显然也被这一突发举动吓着了。他们彼此对视着,他的心脏感觉到刺刀刀尖的锋利,他的小手指也钩紧了手榴弹的拉环。就在这时远处传来一个声音:"还有活的吗?"士兵看着埃布尔,略一停顿,面无表情地说:"没有。"远处的声音发出一声号令:"撤!"士兵回话时一直看着埃布尔,然后把刺刀缓缓从他的胸口拿开,转身走了。埃布尔的手紧紧握着手榴弹,小手指绷紧了手榴弹的拉环,直到阵地上又是空无人声。

　　战争结束了。据对方部队宣称,这场战斗取得了重大胜利,全歼敌军一个团。这一个团说的就是埃布尔所在的部队。可是埃布尔还活着。当然这个消息也是埃布尔很久以后才听说的,不过没多久埃布尔就知道自己的战友在那场战斗中全部阵亡,他是唯一的幸存者。可是他却没有向组织说过他生还的这一段经历,一辈子也没说。

　　后来,埃布尔渐渐淡忘了这件事。再后来,埃布尔又常常想起这件事,而且越来越清晰。战争是残酷的,不是你死就是我活,能活着就是奇迹。埃布尔当时没有想到活。他是军人,一个刚强的军人,他只有一个选择,就是与敌人同归于尽。可是当他听到敌军打扫战场的士兵,面对活着的他却说没有人活着时,他犹豫了。他不知道这个士兵的回答是给了他一次生存机会还是给了士兵自己一次生存机会,但是他确信自己的犹豫给了那个士兵一次机会也给了自己一次机会。

　　埃布尔不知道那个士兵会不会像他一样活到老,可以安逸地坐在家乡的老榕树下,喝着自己酿造的红葡萄酒,慢慢享受夕阳的落幕,但是他真心希望那个士兵还活着。

禁飞区

梁小萍

夜幕下，一架隐形侦察机从军事机场起飞了。

侦察机飞行员安迪已经是第 N 次飞往邻国执行侦察任务了，根据每次飞行计划和侦察路线，所能拍摄或是了解的情况甚少，安迪非常想再深入一步飞行路线，这样子获取的情报也许会更多也会更有价值，但是这是飞行行动不允许的。

每一次飞行行动都是经过精心策划的，飞行路线都是相对安全的活动区域，毕竟这是窥探别国的领空。虽说隐形侦察机具有很强的隐身能力，但凡事都不是绝对的，隐形飞机同时也具有速度慢、易暴露和被对方击落等缺点，一时还无法承担更为艰巨的侦察和作战任务，所以每一次侦察行动都要力求做到万无一失。安迪是军人，他明白军人的职责，清楚纪律的严明，这不容一丝懈怠。

如果安迪贸然行动，进入了对方的雷达高防御区域，就极有可能被对方雷达发现，同时也会有被对方击落的可能。这样子，非但侦察的目的没有达到，而且一旦行动失败，不但会影响两国的外交关系，同时也会助长对方的气焰。所以每次侦察行动，上级部署都会根据掌握的具体情报仔细设定一个侦察禁飞区。

每一次行动的飞行任务大致相同，但是侦察禁飞区却略有不同，安迪每次飞到禁飞区的临界上空，都会有一种莫名冲动，这是内心的躁动和不安，更是一种新鲜或是一种诱惑。安迪好几次都一闪念，抑制不住想飞入禁飞区一探究竟，安迪心里不满足这样子一次又一次无谓的侦察。安迪是位年轻的军人，他对自己的信仰有一种狂热的虔诚和追求，他想冒险尝试，如果成功无疑就是自我最好的印证，也可以说是内心深处一种个人英雄主义在作祟吧。

但是每一次想冒险的念头一出现，一个女人的身影也会相伴出现，这个女人是爱丽娜，安迪的妻子，一个美丽的女人。安迪万一有个闪失，爱丽娜怎么办？安迪和爱丽娜新婚不久，而且十分恩爱，安迪怕爱丽娜伤心，其实他心里更忍受不了爱丽娜将来会另嫁他人。

安迪是在一个周末的军人舞会上和爱丽娜相识的。那天，安迪刚下战机就被战友拖去了舞会，一身飞行服还没来得及换下来，潇洒的军装更衬托出了安迪硬朗的男人本色，一下子就吸引了爱丽娜的爱慕。

爱丽娜爱上了安迪，也爱上了安迪一身帅气的飞行服，爱丽娜想象中的飞行工作是浪漫的是洒脱的。可是婚后没多久，爱丽娜就从幻想中回到了现实，她发现飞行并没有自己想象中的那么浪漫，尤其是安迪的工作也没有想象中的那么洒脱。安迪一执行任务就是封闭管理，十天半月也没有一点讯息，尽管安迪在家时对爱丽娜关爱有加，但是安迪一走，爱丽娜内心还是满怀寂寞。一开始，安迪有任务时，爱丽娜总是独自在家等待，后来爱丽娜就会到附近的酒吧去喝酒解闷，再后来爱丽娜会去跳舞，她舞动着曼妙的身姿，不知疲倦地宣泄着。

爱丽娜向来是一个做事有度的女人，也许就是这个"度"让爱丽娜的美丽多了一分高贵。男人喜欢漂亮的女人，尤其动心于有气质的女人。爱丽娜的美丽诱惑着男人，男人的殷勤同时也在一点点摧毁爱丽娜的坚持。有时候爱丽娜被拥在舞伴的怀中舞动时，她会情不自禁轻嗅陌生男人的气息。这时爱丽娜会想到安迪，于是心里又会一阵自责。一次又一次地重复，谁又能保证爱丽娜不去尝试一下诱惑的感觉呢？

时间在流逝，欲望在膨胀。

那一夜。

安迪又飞了。

爱丽娜又去了酒吧。

天明了。

安迪这一次没有飞回来。

爱丽娜这一次一夜未归。

第三天，邻国发布新闻，报道声称一架隐形侦察机入侵领空，雷达及时捕获讯息，成功拦截并击落该机，飞行员当场身亡。

一个月后，修道院多了一名修女，她是爱丽娜。她在忏悔，她在自责，她

觉得是自己的放纵导致了安迪的离开。其实这一切并不关她的事,她心里也清楚安迪的死与她无关,可是她还是固执地认为这是上天对她的惩罚。也许这一辈子,爱丽娜都要待在修道院了,她为自己的心设定了禁飞区。

其实根据侦察机被击落的地点,可以清楚地知道安迪这一次终于抵制不了自己内心的躁动和诱惑,安迪飞进了侦察禁飞区。

瞄准

梁小萍

　　炮火硝烟的阵地，战士们正在激战，士兵凯恩却显得格外冷静。

　　隐蔽的掩体里，凯恩选择了一个合适的体位和角度，气息平稳、全神贯注地盯着狙击步枪的瞄准镜。

　　凯恩是一名战地狙击手。

　　战场上，凯恩锁定的目标是敌军的指挥官或机枪手。击毙敌军指挥官等于快速切断敌军的神经中枢，击毙机枪手则可以最好地加强区域安全，所以一旦狙击目标锁定，凯恩从不心慈手软。

　　每次从战斗开始到结束，凯恩都在寻找狙击目标。定位瞄准，扣动扳机，子弹射出，几百米外的目标顷刻中弹身亡。这一过程迅如雷电，目标完全来不及发出声音。这倏忽而至的死亡，甚至不会让目标感觉到痛苦，因为当一名出色的狙击手扣动扳机，目标也就永远失去了感觉的机会。

　　凯恩是接受过严格训练的狙击手，通常首发便可命中要害，一枪毙命。一时间凯恩成了敌人的噩梦，被对方冠以"冷酷死神"的代号。但凯恩并不认为自己冷酷，这是战争的需要，是国家的需要，是人民的需要。而且，对一名被狙击手锁定的目标来讲，没有感觉没有痛苦的死亡便是最佳的死亡方式。生命的存在有时候就体现在思维和感觉，没有思维的时间，没有感觉的过程，生命的终结就不会有恐惧。能让目标在不知不觉中远离恐惧地死去，这是一名狙击手所能达到的最高境界。

　　凯恩的狙击生涯给他带来了荣誉与地位，也成就了他的英雄形象。

　　可凯恩的儿子雷利并不认同父亲的"狙击手思维"。敌人就是敌人，杀戮就是杀戮，还谈什么"死亡道义"？多么虚伪的理论！后来儿子雷利也成了一名军人，也练就了一手好枪法。可是这个时候，战争早已结束，再好的

枪法也只能在靶场上过过瘾,没有实战的机会。这一直是雷利的遗憾,他从小就希望自己能亲历战争,内心的英雄情结和对父亲的崇拜需要释放需要验证。这不仅仅是一种理想,还是一种职业的诱惑。

没有了战争的可能,但是另一个机会出现了。雷利所在的连队接受了一项任务——执行死刑犯枪决。雷利被选定为执行枪手,他的射击成绩和心理素质在连队里是公认最好的。

庄严的时刻即将来临。

举枪瞄准死刑犯,雷利突然心跳加速。虽然事前也经过模拟训练和心理辅导,但是枪口对着的毕竟是一个活生生的人,而且距离太近,他几乎可以清楚地听到犯人近乎瘫痪的心跳,甚至触摸到犯人发自内心的恐惧与绝望。

雷利钩住扳机的手指不自觉地颤抖起来,他仿佛觉得自己忘了怎么开枪。尽管他清楚地知道即将被处死的是一名罪恶滔天的犯人,他还是感受到了来至心灵深处的一种惶恐。一声命令,枪响了,但是子弹显然没有击中要害。没想到这么近的距离,雷利居然失手了!犯人没有当场毙命,躺在地上痛苦挣扎,面部扭曲表情狰狞。雷利的脑子顿时一片空白,手中的枪也差一点失手掉到地上。

这件事过去了很久,雷利心情还是不能平复,他似乎理解了父亲的"狙击手思维",同时也感觉到了自己内心深处的怯懦。凯恩告诉他说这不是怯懦,这是一个人的本性。战争的冷酷,只是民族信仰和时势的需要,有时候仅仅只是一种情绪的发泄。

晚年的凯恩常常拄着拐杖行走在田间野外,小孙子拿着木质小弹弓跑前跑后相随。突然,小孙子发现目标,一群小麻雀在收割过的田间啄食秕谷。小孙子拉弓瞄准,只见凯恩静静地在孙子身后将手中的拐杖向空中一横,以绝对的标准站姿,瞄准麻雀,嘴里发出清脆的一声"砰"。麻雀闻声而飞,小孙子一脸不满地扭头望着爷爷。凯恩白胡子一吹,调皮一笑。

麻雀飞了,飞到树梢上飞到草丛间,唧唧喳喳,似乎在和凯恩对话。凯恩静静听着,微微笑着。

军嫂

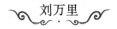

刘万里

嫂子的漂亮是村里公认的。

嫂子和哥哥是青梅竹马，他们是从什么时候好上的，我不知道，但我偷偷看过嫂子写给哥哥的情书，看得我面红心跳，那年他们还在上高三。那时我不叫她嫂子，叫她霞姐。

那年高考，他们两人都落榜了。落榜跟早恋有没有关系，只有他们心里最清楚，我曾看见他们抱头痛哭的情景，我被他们感染。那时我正暗恋一位女孩，我不知道是为他们落泪，还是为那一个女孩。不久，霞姐当了民办教师，哥当兵去了西藏，相隔几千里他们就靠信鸽来传递彼此的思念。

霞姐每次收到哥的信，脸上就荡满了幸福的光芒。这幸福的光芒使我充满了好奇。我说，霞姐，让我看一下信。霞姐的脸一下就红了，小娃子家，你不懂大人的事。我说，我也有女朋友了，起码也是大人了。霞姐咯咯笑了，她笑起来很迷人。

霞姐所在的小学离家很近，每天放学她就直奔我家，帮我家做饭洗衣服，忙农活。那时，我父亲瘫痪，母亲又多病，我们家能撑到今天全靠霞姐。

霞姐和哥相约每月写一封信，但霞姐已是三个月没收到哥的信，那段日子霞姐看上去很憔悴。霞姐每次见了我就问，你哥给你写信没有？我说没有。霞姐有点失望。

霞姐每天在村口等邮递员，见了邮递员她就满脸高兴地迎上去问，有我的信吗？邮递员说，没有。后来，霞姐又问，问得邮递员也有点不好意思。他说，你不用等了，一有你的信我就立马给你送来。

那天，霞姐给学生教王维的《九月九日忆山东兄弟》，当她念到"独在异乡为异客，每逢佳节倍思亲"时，泪水悄悄地滑落了，这时窗外邮递员扬起了

手中的信。霞姐接过信，心却在怦怦地跳。一下课，霞姐跑回宿舍，关上了门。霞姐出来时脸若桃花般，学生就说老师好漂亮。

一放学，霞姐直奔我家，她公布了一个爆炸性的消息，哥准备春节回家过年。我们全家沉浸在喜悦中。霞姐掏出笔在墙上的日历上画了一个圈，我知道那是哥回来的一天。

随着春节的临近，霞姐每天在我家都是幸福地忙着，忙着准备年货，忙着洗被子和衣服……但春节就要到了，还是没见哥回来。大年三十，飘起了雪。霞姐站在村口直到夜深，她成了一个雪人。我说，霞姐，你不要等了，哥一定又有任务回不来了。霞姐说，再等等。在静静的夜里，我听到了霞姐泪水落地的声音。

哥最终没回来。哥后来来信说，因临时执行任务，等执行完任务时已是大年三十。但回家的心是那么迫切，他就准备春节那天回家，不巧的是大雪封山，他又下不了山。

哥每年春节说要回来，结果都没回来。不知不觉五年过去了，哥后来转成志愿军，但还是没能回家。哥和嫂依然是靠书信传递思念。

后来，我考上了军校，离开了霞姐。

那年寒假，霞姐对我说，我准备到你哥部队去结婚，结婚的日子你哥都定下来了，你愿意去送我吗？一直都想到哥部队去看看，我立马答应了。霞姐说，明天就出发，要赶在大雪封山之前。

第二天，我们在家人的欢送下出发。我们先坐火车，后坐班车，到达唐古拉山脚下时，大雪开始飘落。部队的首长热情地接待了我们，他说我哥正在山上执行任务，立马派车送我们上山。这时大雪铺天盖地而下，公路转眼间就消失了。

霞姐说，天快黑了，几十里山路太危险了。首长说，今天是你们大喜的日子，这怎么行？霞姐说，我已等了八年，何必在意这一天。

霞姐的"洞房"设在部队最好的一间房子里，兵们都围来闹洞房。首长接通了山上的电话，一头拿在哥的手里，一头拿在霞姐的手里。首长对着话筒喊道，结婚典礼正式开始，一拜天地。霞姐拜了天和地。二拜父母。霞姐向首长拜了拜，部队是他们的家。夫妻对拜。霞姐面对唐古拉山拜了。首长按下免提问我哥，你现在对新娘最想说的一句话是什么？哥说，谢谢她对我的理解！首长说，说点带刺激的。哥说，我永远爱我的新娘。兵们说，大声点，我们没听见。哥又说了一遍。这时我看见霞姐已是泪流满面。首长把话筒递给霞姐,说,有什么悄悄话,你们慢慢说。首长手一挥,兵们都走了。

这是一个不眠之夜,直到天快亮时,她才迷迷糊糊躺了一下。迷迷糊糊中她听到了铲雪的声音,她起来推开窗,看到了兵们正在公路上铲雪。霞姐一阵感动,她感到她是世上最幸福的人,她拿起铁铲也加入了他们的队伍。霞姐铲得那么专注那么执着,她手上磨起了泡,磨出了血,一朵又一朵的血花滴落在洁白的雪花上……

在山的那头,哥也在铲雪,他铲了整整一夜。哥一直低着头在铲雪,直到两队快汇合时,哥还一直低着头在铲。这时,霞姐已看见了哥,两人相隔只有几十米远了,霞姐想喊,泪水却滚了出来。这时哥抬起头,也看见了霞姐,看见了霞姐头上的红丝巾像一面旗在飘舞,那红丝巾是哥上高中时省吃俭用才给霞姐买的。哥踩着积雪扑了过来,雪齐腰深,霞姐也扑了过去,两人在雪中拥抱了……

庄稼地

徐志义

上帝说:有你不该知道的事情,你某年某月某日死。

武班长的脑子非常清醒,得出这么一句格言。

他知道,这是回光返照。他伤在了要害处。血从左胸部往外流,止不住地流,痒痛痒痛,迷彩战斗服染成了一个颜色。他浑身开始抽搐,一个劲地往抱他的战士的怀里压,压。他感到,身子已经不是自己的了。于是,他闭嘴不再让他们给他灌水,尽管口渴得要死,胸膛里烧燥得要命,他要把水留给自己的战士。他痛苦地、着急地望着紧紧簇拥着他的战士,喉结"咕噜咕噜",嘴一张一合,却总也没有声音。

"班长,名字? 你儿子的名字?"有战士压着声问。

他摇头。

不是? 他的儿子还没有名字。

他接到爱人的电报——给他生了个带"茶壶"的,高兴极了,立即请假探亲。回到家中,他才感到后悔,心急失算了,女人坐月子,是不能那个的,只有精神安慰了。儿子呢,月里娃,肉乎乎,一脸老人皱,还根本看不出他武班长英俊的眉眼。真没啥好玩的,他赶紧提前归队了。提前的天数可以放到明年一块再用。他给他的战士笑谈经验教训:千万别在老婆坐月子时探家,不能解馋。说了,就要他的战士们帮他给儿子起名字。战士们起了一大堆,他还没有选中一个。

显然,班长临终关心的不是他儿子的名字,是尖刀班穿插进去如何战斗。

"班长,你有新的方案?"战士压着声又问。

他又是摇摇头,目光已经开始散淡。

战士们的头凑得更紧了。摇他，一声声地问。

"庄——稼——地。"声音虚弱，吐字清晰。

战士们一下认定是班长发现了前进障碍，而且是被这障碍伤了命。于是，都四顾：夕阳，冷炮，山崖，残林，却不见有庄稼地。战士们都感到必须弄清楚班长用生命换下的教训，为了自己的生命，为了穿插的成功，为了大部队反击的胜利。战士狠劲地摇他，一个劲地求问。

武班长睁大了眼，不满，明显的不满。平时，他对啰哩啰唆的战士不满，就是睁大眼睛，看着吓人。他不是不愿把那庄稼地说明白，也不是已经没有了说明白的气力，而是因为他有后顾之忧！

炮声，他本无所畏惧。只有新兵才怕炮，老兵怕冷枪。然而，那片庄稼地时时地在他脑子里萦绕，可怕地萦绕。一颗炮弹在他眼前炸开了，一片炫目的闪光之后，他吃惊地感到自己失去知觉了。听着炮弹运行的呼啸，那片庄稼地的萦绕使他失去了老兵迅疾躲闪的灵性。

他接受尖刀班打穿插的任务，悔不该去向老乡告别。老乡在哨位上，站岗处是一片开阔的庄稼地，地里的庄稼受越军炮火的轰击，已是一片狼藉。但是，他坚信，反击过后，这片肥沃的土地上会重新长出茂密的庄稼。他们出征的使命，就是保护庄稼地，让庄稼地上长好庄稼。他告别老乡，还蹲下身子抓起一把红色的泥土——和家乡的泥土一个颜色，一个香味儿。他把泥土攥紧，又松开，撒回原处。这时，一辆卡车驶来，车上装满一尊尊"三五"牌座钟一样的石碑。他立时明白，这片依山傍水风景秀丽的庄稼地，之所以设岗保卫起来，是将成为他们阵亡战士的墓地。

这使他浑身一惊！他好像看到了自己的死。冲锋陷阵，上去的人多，活下来的人少。何况他们是尖刀班，打穿插，去敌人窝里大闹天宫，活下来的人会更少。为了胜利，甚至会一个也活不下来。他不怕死，怕死尖刀班的任务也争不到手里。只是，他不该看到墓地，不该。看到了墓地就是看到了死……

他知道多想无益，却又情不自禁。然而他想得更多的是不该把这一片肥沃的庄稼地变成墓地。他感到太可惜了！他是农民的儿子，对土地有着深厚感情，知道土地的使命，土地的价值。是土地，就要它长庄稼，不要搞成墓地，不要建陵园，战士们哪儿死哪儿埋得啦。

然而，他的建议却不好向上反映。墓地，是军事机密，他是无意窃知的。

就是现在，他也不能立下遗嘱明告他的战士。那会害得他们像他一样，

因恐惧，失去机灵。

战士们不再害怕班长那吓人的不满的眼光，抽咽着，大声地恳求他，恳求他。他呢，也只是重复着"庄稼地，种庄稼"，就合眼了。

一个老兵的签名

樊碧珍

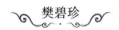

新兵下连时，他被分配到卡苏里哨所。

其实，他最想去汽车连。开墨绿色的大汽车，在高原上奔驰，多带劲。不过，现在这愿望是无法实现了，他要随给养车上哨所。

已是六月。透过车窗他却看到了远处山顶上的积雪。他突然兴奋地哼起了歌儿。司机直摇头。

车不能往前开了，他必须徒步上山去。凝神一望，他不禁吃了一惊。来时的路全悬在峭壁上。一只被惊起的鹰掠过他的头顶，顺着岩壁冲向峰顶。

我也会上去的。他攥紧了拳头。

他浑身是劲。真得感谢在新兵连那阵的队列、擒敌、战术和体能训练。那时候的训练很苦，一天下来，大家趴在床上不想动。有的兵上厕所蹲下去就起不来，非得旁人架着胳膊才能站起。他很用功，各项考核都是优。

有备而来，自然不怕。终于，他看到了哨所前迎风飘扬的红旗。他想再往前几步，却挪不动脚。胸腔里的肺如同炸裂般难受，以至于他不得不弓着身子蹲下去。那一刻，他明白了司机为什么摇头。

有个人迎了上来，立正，敬礼。没有过多的介绍，两双手紧紧地握在了一起。然后，他背上的背包被取了过去。

别紧张，这是高原反应，过一阵子就没事了。他知道，说这话的是老兵。

哨所只有他和老兵。听给养车的司机说，老兵已经在这里守了四年零六个月。按例，每两年这里就会送走一位老兵，也会迎来一位新兵。他很纳闷，老兵为什么不挪动地方。

哨所的生活很单调。每天天一亮，老兵就带着他去巡山。

老兵总走在前面，背挺得很直。他做不到。已经上来一段时间了，但每

次巡山到这里,他还是感到呼吸困难,头痛。他很奇怪,黑瘦黑瘦的老兵,脚下怎么就那么有力。

这里,是卡苏里哨所的最高处。

每次走到这里,老兵都会歇上十来分钟。老兵招呼他上去。他总是摇头。那顶上除了有雪,什么都没有。不过,老兵上去了,站成了一棵笔直的树。

等老兵下来,他把自己的感觉说了,老兵只是憨憨地一笑:你上去就知道了。

那上面究竟有什么呢,非得要上去才知道?

老兵不愿说,他也不好强求。只想,等自己感觉好些,一定上去看看。

有一天,他忍着不适,爬上去了。顶上却什么也没有。他有些生气,责问老兵为何捉弄人。

老兵不生气,拉了他一把。站这看,往远处看。

看到什么了?

只有连绵不断的山。

还有什么?

茫茫的雾。

还有什么?

没有了。

怎么会呢?

应该看得见竹篱小院,屋旁有高高的草垛,还有两只母鸡躲在草垛下。旁边,青竹竿上有还在滴水的衣裳……

可是这些,他根本没有看见。该不会是老兵的幻觉吧。

他攥了攥老兵的胳膊。老兵回过头来,眼里竟然有了泪花。

莫不是老兵想家了? 他的好奇心一下子上来了。

那个竹篱小院是你家?

老兵先是摇头,后又点了点头。

他更是一头雾水,想再问点什么,老兵却说,回去吧。

他跟在老兵身后,从夏天走进冬天。

下雪了,好大的一场雪。躺在哨所里,也能听到外面雪花飘落的声音。他睡不着,他知道老兵也没睡。

也不知道咱老家下雪没有? 他自言自语。

想家了？老兵搭话了。

有点。你呢？

想。

你在这儿都四年多了，已是超期服役了。为什么不下去呢？

老兵没有回答，却给他讲了一个故事。

在老兵还是新兵的时候，这哨所里也有一个老兵。那个老兵每天也带着他去巡山，每次也总走在他的前面。老兵的背挺得很直。老兵每次经过山顶的时候都会呆上十多分钟。他跟着上去看过，什么都没有。

我看到的跟你一样。他接过话茬。

但那个老兵看到的不一样。

为什么呢？

当你心里装了一个地方，离得再远都能看到。

那个老兵呢？

他永远守在了这里。本来，开春他就要下山去的。那个竹篱小院等着他。谁知道下了一场大雪，我们去接应山下送来的给养，他走在前面，意外地滑下去了……老兵的声音有些哽咽。

他接过照片，真的就看到了那个竹篱小院，高高的柴垛，还有两只母鸡躲在草垛下。旁边，青竹竿上有还在滴水的衣裳……

背后有一行字：守好这个家。落款：老兵。

在那遥远的地方

立·夏

将军是傍晚时分到达疗养院的。

和想象中一样,他威严挺拔,身上透着一股长年军旅生活磨炼出来的凛然之气。他的身边是娇小的夫人,一头雪一样白的银发衬托着菊花一般慈祥的脸。

在简单的欢迎仪式后,我把他们领到了房间。院长指名要我做将军夫妇此次疗养的全程接待,这让我感到很自豪。我上午已经仔细检查了一遍房间的卫生状况和所有设施,确定一切都十分完美。将军进了房间,目光在四处巡视了一遍,赞许地对我点点头,将军夫人笑着对我说了声谢谢。

晚餐后,我礼貌地问他们是否去海滩边散会儿步。将军夫人看了看手表,笑容可掬地说,我们先回房间,等会儿再出去吧。不到十分钟,服务热线电话突然丁零零刺耳地响起,竟是将军打过来的,他大声地叫我马上过去,像在命令他手下的士兵。

我用最快的速度赶到他们房间,将军的脸紧紧地绷着,他的手指着电视机,大声地问:怎么回事?这算什么疗养院?!我的脑袋嗡的一下,电视机开着,却没有图像,可我上午试的时候,它还是好好的。

我急忙对将军说:我们马上给您换一台电视机,要不,你们先到隔壁房间去看一会儿?嘴里说着,心里却不由地嘀咕:将军也不如外界传说的那么和蔼平和,为了一台电视机,至于大发雷霆吗?

将军夫人看了一下手表,颓丧地说:已经来不及了。我轻声对将军夫人说了声抱歉,问是什么节目,我去查查还有没有重播?将军夫人迟疑了一下,说是气象预报。我一下子松了一口气,这没问题,我可以马上查到本地半个月的气象情况。将军夫人说我们不看本地,我们看新疆的气象。新疆?

好遥远的地方！不过这根本难不倒我，我打开桌上的电脑，轻轻一敲键盘，新疆一周的天气情况就出现在我们面前。将军夫人的脸上露出了惊喜的笑容，她嗔怪地对将军说：你看，你老不让电脑进门，其实电脑真的很好啊。她又对我抱歉地笑：这二十多年我们每天看气象预报，已经成了习惯，前两天又看到新疆有沙尘暴天气，所以才这么着急，吓着你了吧？真对不起。将军的脸也不再铁青地板着了，盯着电脑的眼神甚至有了孩子般的好奇。气氛一下子缓和下来，我松了一口气，随口问，你们肯定有亲人在新疆，是吧？将军夫人嗯了一声，接下去便悄无声息。

我坐在电脑前，感觉到背后那一大片沉默的空白，缓缓地回头，看见将军凝重的表情和将军夫人抑制不住的两行清泪。二十多年了，他们每天都看新疆的天气预报，因为新疆有他们的一个儿子。

将门出虎子，儿子也是军人，那张年轻帅气的脸结合了父母的所有优点，这是我在将军夫人珍藏在身上的照片里看到的。七十年代末，那个年轻的军人在父亲的鼓励下奔赴新疆，和他的战友一起在冰雪覆盖的土地上修筑天山独库公路。

洁白的雪最终掩埋了他的躯体，那个年轻的生命永远留在了新疆尼勒克县，一个叫乔尔玛的地方。

明天，新疆依然是好天气，将军若有所思地说。

后天也是，我说。

凉风习习的沙滩上，将军夫人款款回头，朝我浅浅一笑……

高高的木箱

[英]埃德温·贝瑞德 著 庞启帆 译

　　中午时分，一个满脸横肉的男人坐在玛蒂餐馆的柜台前用餐。他啃一口面包，喝一口咖啡，而他的眼睛始终停留在那个女孩的身上。

　　女孩坐在一只高高的木箱上，她的目光不时通过餐馆的前门望向餐馆外的公路。她似乎正在等某个人。

　　男人皱眉道："你已经等这家伙两年了。难道你还打算继续等下去？"

　　"如果上天不可怜我，再多等两年也无妨。"女孩盯着公路说道，"不过我想，我再多等几分钟就可以了。贝特曼，你就别在我身上浪费心思了。"

　　贝特曼转身望向餐馆外的公路。公路的转弯处出现了一个男人，他边朝玛蒂餐馆跑来边回头张望，好像正有人在追他。

　　贝特曼转身盯着女孩说道："听说他死在前线了。"

　　"不，他没死！"女孩激动地说道。

　　男人耸耸肩，啃了一口面包，继续说："好吧，就算他没死，但现在这里已经被德军占领了，他也回不来。哦，我听说他叫克里根……"

　　女孩的眼睛突然瞪大了。公路上的那个人正发疯般朝餐馆奔来。

　　很快他就来到了餐馆门口。他穿着英国士兵的军服，脸色苍白。他焦急地四处张望。他看见了坐在箱子上的女孩。

　　"玛蒂！"他边喊边走进了餐馆。

　　就在这时，"砰"地响起了一声枪声。英国士兵扑倒在地，瞬间没有了声息。贝特曼面无表情地看着眼前的这一切。

　　不一会儿，一辆军车停在了餐馆门外。几名德国士兵从车上跳下来。"这个算是抓到啦。"领头的那个军官踢了踢英国士兵的尸体说道。

　　女孩仍坐在木箱上，她双眼喷火看着涌进餐馆的德国士兵。"嗨，漂亮的姑娘,我来告诉你是怎么回事。这个家伙是一名战俘,昨晚和另外九名战俘一起逃跑。我们要搜查你的餐馆,你最好配合点。还有,今天你看到其他的英国士兵了吗?"领头的军官用英语说道。

"我想没有。"贝特曼用德语替女孩答道,"先生,我可以告诉你们一件事。这个人就是她一直在等的人。我听见他喊她的名字。她等他已经两年啦。"

"你会说德语?"德国军官问。

"是的,我是德意志帝国军队的一名翻译。"说完,贝特曼从口袋里掏出一本证件递给德国军官。德国军官点点头,把证件还给了他。

"卖国贼!"女孩骂道。

"别这样,玛蒂。能活着才是最重要的。"贝特曼笑道。

"他虽然死了,但他在全世界反法西斯人民的心中永远都活着!而你呢?哼……"女孩指着地上的英国士兵激动地说道。

贝特曼没有生气。他掏出钱包拿出一张钞票放在柜台上,起身说:"玛蒂,你的运气不够好啊!"说着,就欲往外走。

"你还不能走。等我们搜查完这个地方,叫你走时才能走。"德国军官对贝特曼命令道。然后,他与其他的德国士兵分别走进了厨房、食物储藏室、卫生间。一番折腾后,他们又走到屋外搜查了一番。

女孩坐在木箱上,一言不发地看着德国士兵的行动。

搜查无果,德国军官便让手下把英国士兵的尸体搬上车。他没有再跟女孩讲话,甚至没有再看她一眼。

女孩呆呆地看着德国士兵把那具尸体丢上军车。然后,他们发动车子,开上公路,瞬间消失在转弯处。

贝特曼盯着女孩,叹气道:"玛蒂,你的运气实在不好。等了两年,结果亲眼看见他被打死在眼前……玛蒂,我的求婚仍然有效。只要你愿意,不论什么时候……"

玛蒂没有说话,只是冷冷地看着他,那神情仿佛在说:"你给我滚出去!"

贝特曼耸耸肩,讪笑道:"好吧,我这就走。"

玛蒂看着他走出门口,爬上他那辆破旧的小轿车。等小轿车消失在公路的转弯处,她"腾"地跳下了木箱。

她走到前门口,警觉地扫视公路两端,然后关上门,锁死。接着,她跑到后门,朝外张望了一番,把它也关上,锁死。

做完这一切，她又回到刚才坐着的那个高大的木箱旁。他迅速打开木箱的盖子。一个穿着英国军服、满脸冒汗的年轻男子站了起来。

"上帝，他们终于走了。"玛蒂一把抱住男子说道，"刚才那会儿让我感觉仿佛又过了两年，克里根。还有，告诉你一个不幸的消息，我们的朋友罗格刚才被德国纳粹打死了。"

李小壮受到了表扬

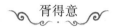

胥得意

　　李小壮在两支筷子上各穿着五个雪白的馒头,黑塔般地从指导员的眼前晃过,然后坐回餐桌大口大口地咀嚼起来。这时,其他的饭桌便有喊喊喳喳的声音传了出来。这些对于指导员来说已经熟悉了。

　　指导员认识李小壮的时候,他还是一个新兵。指导员给战士上教育课的时候,他就觉得台下有个身影一直不停地动着。不是挠挠这儿,就是抠抠那儿。指导员停下了讲课,眼睛直直地盯住了那个新兵。紧挨着那个新兵坐着的另一个新兵悄悄地碰了碰他,他方才不动了。

　　指导员没做声,但是他记住了那个魁梧黑壮的新兵。名字叫李小壮。刚听到这个名字时,他暗自地笑了一下,真是名如其人。

　　李小壮入伍没过三天,全连的官兵都发现了他的特点。那就是李小壮有些出奇的能吃。每顿饭他一个人都能顶得上两三个兵的饭量。第一天吃饭,李小壮盛了满满的一小盆饭放在了自己的面前,他的班长吃惊地看着他,不无担心地提醒,吃多少打多少。

　　李小壮冲班长憨厚地一笑,没问题,免得吃没了还去盛。

　　李小壮吃过饭抿抿嘴坐在座位上等班里的其他战友吃完。班长又关心地问,吃饱了没? 李小壮面带感激的表情回答,差不多。

　　李小壮就这样出了名。不是因为训练,也不是因为学习,仅仅是因为吃饭。

　　指导员也发现了李小壮的这一特点,但是他更发现了战士们对于李小壮异样的目光。李小壮的确是普通了一些,他除了因为能吃以外,确实在连队再没有突出的地方了。那次,指导员组织战士们读报纸,轮到李小壮读时,几乎每句都读错字,弄得整个俱乐部里笑声不断。而李小壮却是声音越

来越大,他一板一眼的认真的读报声夹在笑声中一直进行着。而让人惊奇的是他竟然没有笑过一次。事后,指导员问他怎么读错那么多字。李小壮一本正经地回答,我知道我念的书不多。可是你让我读了,我不能不读呀。我知道他们在笑我,可是你没有让我停,我就得读下去。

指导员心里很是心疼李小壮,他悄悄地叮嘱李小壮的班长,平日里要多关注他的学习,让他在连队两年,多学一些字。

李小壮长得壮壮实实,按理说他的训练应该很好。可是他在训练上也没有表现得多么出色。平时训练,他比别人流的汗一点也不少,可就是不见成绩有多少进步。如果问起,他还是憨憨地一笑,我可没偷懒,使劲练了。然后又有些羞涩地笑,可是进步就是不大呢。

如果非要说实话,李小壮在训练上真的就是笨了一些。这件事,只有他的班长讲过一次实话。可话刚出口,就被指导员拦住了。指导员讲,谁也不允许再这样评价他。看他的态度多么认真呀。要看优点,不要总看缺点。

很多的时候,想起李小壮来,指导员就想找个机会表扬他一下。可是发现李小壮的优点真的有些难。他不会表现自己的优点,也不会伪装自己的缺点。他就那样真实地活在连队里。每顿吃饭,他都一如既往地在战士们的目光中狼吞下一小盆米饭,或是十个馒头。

指导员要表扬李小壮的冲动是在那次劳动中。他第一次发现了这个兵有着别人不能相比的优点。他先是看到了一个黑壮壮的身影在人群中跑得最欢,走近时才发现那个人是李小壮。李小壮在经过他的身边时,满脸汗泥的脸上绽放着真实的笑容。而在李小壮的肩上,是没有人会太过注意的重重的麻袋。当指导员注意起这些细节时,他听到了李小壮对装袋子的战友说的话,多装点没事,我能吃也能干。

指导员记住了李小壮的话。在全连休息的空儿,指导员压抑不住内心的高兴集合全连表扬了李小壮。指导员觉得心里是那样的高兴,一直想要在全连表扬李小壮一次的想法终于实现了,他大声地讲着,平时大家不要用另类的目光看李小壮,看一看,看一看嘛!李小壮是多么多么的能干!他一个人能抵得上几个人!

再干起活后,李小壮像是喝了兴奋剂一样,比先前更是能干得多,任是班长和指导员拦也拦不住。

事情很快就过去了一星期,指导员一直为发现了李小壮的优点而在内心替他高兴着。可是,那一天,李小壮的班长就找了来,说是李小壮自从那天劳动后腰就疼得厉害,要带他去医院检查一下。

那天,是班长一个人从医院回来的。回来后,他对指导员说,医生检查完把李小壮留在了医院,说是他的腰伤得很厉害,要在医院观察一段时间。

当天夜里,指导员就赶到了医院。他有些生气地埋怨李小壮,干不动就不干了,劳动又不是拼命。

李小壮泪眼婆娑地看了指导员许久,说,那天是我入伍以来第一次受到领导的表扬,我不能让领导表扬错了人呀。我就是要让别人看看我也有优点呀!

从医院回到连队以后,指导员再也没有表扬过哪个战士。每当他要用表扬的方式去鼓励战士时,他就会看到李小壮黑塔一般的身影堆在自己面前,也会看到李小壮幸福与痛苦交织在一起的面孔。

生日饭

胥得意

李龙愣呆呆地看着桌上丰盛的午餐,有些不愿动筷子。平时在家最爱吃的东北大米在他的嘴里直打转。

坐在旁边的班长悄悄地看着这个入伍三天的新兵。李龙慢慢地从盘子里夹起一个花生米,放到嘴边咬下来一半,低着头,用门齿轻轻地嚼着,少顷,才把剩下的那半块塞进嘴里。

班长知道李龙在想心事。班长猜,李龙到底想什么呢?从早晨起来他就像有心事一样。问他身体不舒服?他只是摇头不说话。班长心里打鼓,这个南方来的新兵到底遇到了什么事?

刚来的前两天李龙不这样,爱说爱笑的,吃饭一顿能吃下两大碗。还说,东北的大米比家乡的籼米好吃得多。班长就逗他,那你使劲吃,到时候训练好有劲。李龙套用《沙家浜》的戏词和班长开玩笑,他说:"吃得我腰也粗,腿也壮,看我还怎么上战场。"

当时班长觉得这个新兵挺有意思,性格好开朗。谁知,还没过三天他的脸呼啦一下变了,像是川剧的变脸,太快了。

就在班长被李龙搞得有些摸不着头脑时,排长在门口出现了。一向严肃的排长此时乐呵呵的,他快步走到饭堂中间,温和地巡视了一圈之后,大声地说:"战友们,今天咱们新战友中有一位过生日,炊事班特地为他做了一份长寿面。他就是李龙,下面让我们鼓掌祝他生日快乐!"

排长话音刚落,饭堂里响起了热烈的掌声。在掌声中,炊事班长把一碗热气腾腾的面条递到了排长手里。排长又亲自把面条端到了李龙面前,然后坐到了李龙的身边。

新兵们不无羡慕地看着李龙,吃饭的速度都有些减缓。各自的班长在一边小声说:"别急,这是咱连的规矩,到了你们过生日的时候,也会有这种待遇的。"

李龙低头吃着面条,速度还是不快,还是一直没说话。

新兵们渐渐散去了。饭桌上只剩下排长、班长和李龙三个人。

班长在排长旁边端坐着等李龙吃饭。班长还在想着李龙为什么不高兴。

李龙吃过了面条,擦擦嘴,看了看排长。

排长解释着:"咱们的条件就这样,离城市远,买不到生日蛋糕。东北过生日都讲吃面条,这样寿命长。"

排长正兴致勃勃地讲着,李龙的眼泪却流了出来。

一看这架势,班长有些急,忙问:"李龙,咋了?"

少顷,李龙擦了擦眼泪,小声说:"没有。我还以为今年我过不上生日了呢。"

班长忽然明白了开饭的时候李龙为什么闷闷不乐,原来他是在想过生日的事呀。

李龙回到班里后情绪明显好多了。不出一个小时,又恢复成了原来的样子。

李龙向班长请假给家里打电话。

电话接通了。李龙一连串的家乡话在走廊里东跑西蹿。就是因为知道战友们听不懂,他的声音也显得没有多少顾忌,格外大,不知为什么还和家人在电话里吵了起来。

路过的排长愣愣地看了李龙一会儿,便走开了。

一下午过得很快。新兵们还没觉得怎么训练就又到了吃晚饭的时间。蒙蒙夜色中,新兵们在饭堂门口努力着,试图唱出和老兵一样嘹亮的歌声。

晚饭照常开始了。排长又站在了饭堂中间,脸上挂着微红说:"今天我们排有个新战友过生日。"

排长的话一出口,新兵们就又议论开了:"怎么又有人过生日了? 统计生日时没弄准吗?""是不是有人也想吃面条了,向排长说也过生日呀?"

"按照他们家乡的习惯,连队给他做了一份蛋炒饭。下面,我们祝他生日快乐。"排长稳了稳神情,径直端着那碗饭走到了李龙面前。

新兵们看得有些愣神,继而又鼓出了热烈的掌声。

李龙还是等战友们都走出了饭堂才把蛋炒饭吃掉。只是让排长和班长

都吃惊的是,李龙的眼圈又是红红的。

排长问:"李龙,最讨厌吃面条中午你就不吃呗,干吗非要难为自己?"

"不吃?"李龙迟疑地看了看排长,"不吃多扫你们的兴呀。也枉费了你们的一片苦心。"

"那吃了蛋炒饭,还哭啥?"班长忍不住急着问。

"中午,我打电话跟我爸说了吃面条的事。爸爸告诉我,无论面条好不好吃,都是连队关心新兵的一种方式。你是一个兵了,哪怕你最不喜爱吃面条你也要吃下去。今天下午,我一边训练一边想着爸爸说的话。我觉得面条很好吃。"李龙讲得有些动情,"可是,我没有想到,今天晚上,连队又特地为我做了蛋炒饭。我现在可是想要改变自己呀。"

排长的手轻轻地在李龙的头上拍着:"李龙,在部队这么多年,我已经感觉到面条非常好吃了。每年过生日,如果不吃一碗就好像缺少什么似的。"

李龙吃惊地抬起头,眼睛瞪得大大的,看着排长,他没有想到眼里噙着泪花的排长竟讲着和他一模一样的家乡话。

那夜,躺在床上,李龙怎么也睡不着,他的眼前放着两个碗。

一碗盛着面条。

另一碗他还要盛上面条。

雪做的城堡

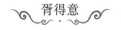

胥得意

　　这是一个美丽的雪城。在中国,很多的人把这里称为雪的故乡。确实如此,在这个雪的故乡里,处处都闪烁着雪的身姿。在城市的街头,有用雪塑成的威武的狮子,有用雪雕成的白鸽,还有跳跃的鲤鱼,庄重的大象,捕食的老虎……总之,一切在人们心目中能留下美好印象的动物都伫立在了这个城市的街头巷尾。每当有时间的时候,指导员都会在新兵面前绘声绘色地讲述这个城市的美丽。于是,一个美丽的城市便在新兵们的头脑中不停地幻化出来。这些来自南方的新兵心中便有了一个雪花纷飞的世界。

　　营区远离着城市,营区里是清一色的绿军装,还有白茫茫的雪。每一天的操场上,都是一个个绿色的方队在铿锵中行进。新兵们的目光有时就伸向远方的高楼,也会竖起耳朵听火车经过时的长鸣。那一声长鸣,就像是家的呼唤,在新兵们的心中是一种说不清的亲切。

　　那是离新年不远的一次集会。在会上,指导员给新兵们讲,快要过年了,你们不要太想家。如果训练好了的话,过年那天我带你们去雪堡城。指导员的话音刚刚落在地上,兵群中便发出了抑制不住的兴奋。平时从不敢大声讲话的新兵竟如同一群将要飞翔的天鹅。手臂张舞着,身体也在瞬间长高了几十公分。清亮亮的声音在兵群中一阵阵地荡出。

　　指导员立在那儿,静静地品味着兵的幸福。那时,他感到,自己也是幸福的。

　　新兵的训练热情空前地高涨着。因为他们在指导员的描述中,知道了有一个世界上最大的雪堡就在离他们不远处的江心岛上,每天来自全国各地的游人不断。他们在那用雪堆砌成的城堡里欣赏着高大的古罗马斗兽场,仿真的中国古长城,还有日本的富士山,以及各式各样的雪上娱乐项目。

那个雪堡,那个美丽的雪堡,开始在新兵们的梦中时时出现。

新年终于来到了。新年是踏着雪来到的。雪后的雪堡城一定比以前还要漂亮。这是所有新兵的共识。

新年的那夜雪堡城里并没有新兵们的影子。在城市的街头,到处都是绿色的身影。那一场雪下得好大好大,以至于所有的公共汽车都不能出动,所有的市民只能站在阳台上点燃迎春的爆竹。新兵们和老兵们整整奋战了一个叫作除夕的夜。脸上的汗水里,洋溢着舒心的微笑。

仅有的几天假期都是在扫雪清路中度过的。收假总结的那天,指导员站在队列前面,没有过多的语言。他告诉新兵,这个假期我们虽然没有去上雪堡城,但我们维护了雪城的交通。而且,这次行动让我们知道了军人是什么。难道你们不是在成长吗?

春天很快到来了。新兵们也分到了连队。在一个春光明媚的星期天,指导员带着新兵们来到了江边,他指着江心的那个岛屿告诉新兵,那里,在你们刚刚入伍的时候,修建了一个世界上最大的雪堡城。

新兵们问指导员,那里是不是很美丽?

指导员笑了笑,我也没有去过。因为那是属于城市的景色。

从江边回来的当天,新兵们都不约而同地给家里写信。他们在信中写道:我们今天去了世界上最大的雪堡城,那里很美。

也许收到信的家长们谁也不知道,他们看见的雪堡城里已没有了一片雪花。

八条汉子和两个女兵

墨 村

山风肆虐,雪团横飞。在狰狞的皑皑雪山深处,两位查接电话线头的女兵迷失在了茫茫雪海之中……

风绞雪,雪裹风,雪天迷离,古堡样的哨卡痴呆呆趴在风雪中,孤零零一动不动。我们带足食品沿电话线在大山的腹地里艰难搜索,战友们走走停停,嘴里喘吁吁喷着白雾,不时弯腰用枪托将冻结在毛皮鞋上的两个沉重的大冰坨砸碎砸掉,然后,再吃力地蹚着没膝深的大雪,吱嘎吱嘎地往前蠕动。

六个多小时后,我们终于在一根电线杆下发现了一个极特别极突兀的浑圆雪堆,急急扒开雪堆,只见两个女兵紧紧搂抱在一起,只有鼻翼旁的雪是融化的。“她们还活着!”班长刷地扯开皮大衣,把一名女兵裹进胸膛。我也效仿班长,刷地扯开大衣,将另一女兵裹进了胸膛……

夜半时分,我们疯了一样撞回了哨卡。

哨卡里冷极了,温度与室外几无区别。我们将两个女兵抬进套间,架旺炉火,铺好被褥。脱衣!班长喊。我们明白,在这种条件下,体温是拯救女兵的唯一办法。

夜,漫长而又难耐。我们八个男兵如同在进行一场与生命赛跑的接力,而处于深度昏迷的女兵就是我们手中的接力棒。

可她们毕竟是有血有肉的女人啊!在这与世隔绝被称为“生命禁区”的地方,我紧紧地搂抱着几近裸体的女兵。渐渐地,犹如冰块的女兵身体开始有了点热气,并在我怀中轻颤了一下。一丝儿女性身上特有的好闻气息钻入鼻孔,我莫名其妙地一阵战栗,女人!我搂抱着一个有血有肉的女人!我的脸像火炭一样燃烧起来。

班长遽然睁大惶悚的眼睛,脸色刷地变得血红,他威严地干咳了一声,

并恨恨地在我的屁股上狠拧了一把,疼痛使我一下子惊跳起来。

接力还在继续,生命与死神还在赛跑。

两位女兵终于相继苏醒了。当看清拥抱她们的是同样赤胸露怀冻得嗦嗦发抖的陌生男兵时,一个个满脸羞涩,双眼涌出了激动的泪花。确定两个女兵安然无恙后,班长迅速示意我们离开套间,并随手"啪"地带上了角门,"嚓"地扯下鲜红的铜号裹布,将套间的门把和门框牢牢地绑在了一起。

班长甩下大衣,迅速地走向枪架,抓起一支冲锋枪,"哗"地压上了弹匣,然后,把其他武器全部锁进了枪柜。班长提着枪,一双血红的眼睛犹如雷达扫描器,在我们每个人身上扫视了一遍,便气冲冲地向风吼雪舞的门外踏去。战友们愣神须臾,紧接着便心领神会地相继跟着走了出去。

哨卡外风雪正紧,核桃般的雪团惊恐地扑过来卷过去左冲右突。我们面向班长牢牢地站定,迷离的眼睛里写满了惶恐。报数完毕,只见班长竭力地挺直腰杆,"咔"地将冲锋枪子弹推上了膛,朝着迎面扑来的风雪吼道:"谁他＊的想胡来,老子一枪崩了他!"仅此一句,便撇下目瞪口呆的七条汉子径直回屋。

昏暗的烛光抗议地跳了两跳,班长威严地席地而坐在套间门口的一条毛毯上,脸前放着我们共有的半斤多莫合烟和一沓裁好备用的报纸条。班长猛抽了一口自卷的喇叭烟,冷峻的丝毫没有商量余地的命令便裹挟着团团烟雾从口中喷出:"大家统统睡觉,今晚有我值班。"

如此不寻常的夜晚,班长一人值班,七条汉子都有点不放心。每年十个月的封山期阻隔了与外界的联系,哨卡里生活太枯燥了……

时间离拂晓大约还有两三个钟头,狂虐的低低呜咽的暴风雪终于精疲力竭,只剩下喁喁絮语在缠绵。有战友在不住地翻身。班长仍旧威严地抱着枪,悠悠地一根接一根地抽着莫合烟,双眼机警地来回逡巡。

天色微明,战友们一个个醒来,发现报务员正郑重地向握枪席地而坐、身旁扔满烟尾的班长汇报:"军区来电,救援的飞机中午就到……"双眼布满血丝儿的班长轻舒了一口长气,神情倦怠地关闭了冲锋枪保险……

八位男兵和两个女兵索然寡味地吃着一年四季天天如此早已吃腻了的大米饭和红烧猪肉、牛肉罐头。用过早餐,战友们围着炉火默默地坐着。哨卡里寂静的气氛,犹如大战前夕令人恐怖又使人骚动不安。"革命军人个个要牢记……"一边的班长突然轻声地哼唱起来。大家同时一惊,紧接着便引颈高歌。雄浑嘹亮的合唱,不亚于连队百号人的拉歌。

时间过得真快，黑鹰直升机的轰鸣声把战友们呼啦一声拽出了门外。太阳高挑，暖气仍很遥远。纯净的风景犹如透明的蓬莱仙境，巨大的冰川在阳光下闪耀着光怪陆离的七彩光环。缓缓着陆的黑鹰直升机的螺旋桨旋起的气流将雪尘惊吓得惶遽鼠窜。

五六条汉子沉着脸威严地站成一排，无言目送着班长和我一人背着一位依依不舍哭成了泪人的女兵，踩着咯吱咯吱不停呻吟的积雪，走向了飞机……

轰鸣声又一次震撼了我们。

战友们呆呆地目送着渐渐消失在雪山背面的黑鹰直升机，心里陡然升起一股难言的滋味。一直沉默不语憋胀着紫红脸膛的班长，忽然朝着白雪皑皑的群山怒吼了一嗓子："哦——嗬嗬嗬嗬——"蓦地从脖子上扯下冲锋枪，打开保险，对着晴朗的天空扣动了扳机。"哒哒哒哒……"一串清脆的枪声和着空谷回应的怒吼声，撕扯着碰撞着震响在孤零零的哨卡上空。

日上中天。

在这被称为"生命禁区"的地方，坚若磐石的八条汉子叉开双腿稳稳地站在雪地上一动不动。人、哨卡、雪和冰川构成的一幅宏大的无可言状的背景便被牢牢地定格在这海拔五千三百多米的巍巍山体上……

烟斗与高跟鞋

贺敬涛

这是米娜到边防哨所的第十天。

哨所在大山高处,哨所就四个兵,哨长、大洋马、诗人、米娜。

米娜原是黑龙江大学的国防生,俄语特别的出色,毕业时幻想着到一个能展现自己才能的地方做名翻译,可没想到却被分到这个边防高山哨所。

哨所海拔两千多米,通讯不畅,交通不便。

激动,失望,消沉,接下来便是无尽的寂静与孤独。到处是山,死一般的宁静,有时候几天连一只飞鸟的影子都见不到。

米娜过去的睡眠是非常好的,一挨床就进入梦乡。哨所就四个人,一人值岗就是十二个小时,一个月轮下来,睡眠规律彻底被打乱了。到了晚上,米娜出奇的精神,是睡眠紊乱了。

米娜就拿出了大学的照片,回忆,拼命地靠回忆打发日子。

可时间一长又不行了。

必须离开! 唯一的办法,就是考上研究生。米娜发疯似的,谁也不理睬,值岗—学习—低质量的睡眠。

再怎么艰苦都好说,最难的就是洗浴,洗澡的"高山第一浴池"是紧挨着住房改造的半间陋房,也没有门。哨所原来没女兵,也就没男女之分,都凑合了,可现在不同了,漂亮的米娜来了。还是哨长有办法,弄了块大木板挡上,可还是发生了被刚值完岗回来的大洋马闯进去的尴尬事件。

诗人最博学,用彩纸剪了一个大烟斗和一个高跟鞋,分别代表男、女,然后粘贴在一块小方木板正反面。

远远一看是高跟鞋,知道米娜在洗浴,就走开了。

夏天是紧紧跟着春天的脚后跟走来的,而大暴雨也紧随着来了,这里的夏天雨大,雷也大。

吃饭时,米娜心情出奇的好,她已参加了研究生考试,战友们把她分数上线的好消息已通知了她。米娜决定明天要进一趟城,剪剪发,再买些小东西。

"哨长,明天我请个假,进一下城,买些东西。明天早晨本公主进城前,要洗个浴,谁也不许跟我抢啊!"

"没人抢,大洋马值岗去了。"诗人笑着搭讪。

米娜吃过饭,轻轻哼着歌回宿舍了。

凌晨五时,大暴雨不期而至,雨是出奇的大,然后一个炸雷,好像就在屋前,米娜吓得用被子捂住了脑袋。

冬冬,一阵急促的敲门声。"快,诗人让雷击了!"

米娜走出屋,她惊呆了,诗人就躺在离浴池三步远的地方,头发焦黑,衣服也破了。

"不是有过命令,打雷时不许到屋外吗?"

"诗人是怕小木板被风刮掉,夜里起来把高跟鞋朝外固定在大木板上,想留给你洗浴,不想转身时被雷击了。"

诗人被抬下山时,赶来的有诗人的哥哥和一个瘦瘦的女孩子,那女孩子哭得很痛。

伴着和煦的春风,美丽的春天来到了大山哨所,已是哨长的米娜静静地站在大树下,手里拿着她的第二版诗集《美丽的哨所》。

那年的夏天,米娜撕碎了军校的研究生录取通知书,一直坚守下来,并拿起了诗人匆匆丢下的笔。

军礼

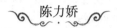

陈力娇

表哥当兵,全村人羡慕得不得了。那年我十五岁,跟在表哥身后送他十几里山路。三年后表哥穿着一身黄军装回来探亲,刷刷地迈着军人的步伐,一到村口就把人震住了。二娃跑来告诉我,说你表哥回来了,那个气派。二娃用手比画着,涎水都流出来了。

我跟二娃跑到村口,果然见一群孩子把他围在中间。表哥迈着大步,煞是威武,十几个孩子跟着他一溜小跑儿。表哥目不斜视,背着黄色挎包,扎着军用皮带,军帽上的五角星把周围都映亮了。我想喊表哥,嗓子却紧,喊不出来,最后只得躲在树后。二娃着急,往出拉我,我搂紧树干的当儿,表哥刷刷刷地从我身旁过去了。

事后二娃问我,你怎么了?自卑了?自卑他也是你表哥呀。我没回答二娃,不知如何回答,大约对表哥的敬畏从那时起就埋入了我的心底。

一转眼,我考取了大学并大学毕业了,临工作前夕,我也像表哥一样回了趟家乡。临到村口时,我想起表哥当年回来的情景,身前身后秋波频送,表哥见到村干部和德高望重的前辈,还规规矩矩打个立正,敬个军礼,那威武,那强悍,让人一看就肃然起敬。

可我到村口时,情形与表哥当年相反,一群玩耍的孩子见我待理不理,他们好像不认识我一样,无视我的存在,我只有慢吞吞寡淡地走向家中。这对比让我心里很空寂,不由得想,我比表哥到底差什么?到底谁的价值更大?为什么表哥前呼后应,而我却门可罗雀?如果说论资历,表哥现在是营级干部,手下几百号人,这倒是令人刮目相看之处。可我也不是等闲之辈呀,我即将去做一个企业的部门经理,我的一项发明还得到了世界的承认呢。这就是说我也不比表哥差,至少可以说我们是不同岗位上的优秀人才。

可是有一点还是让我惴惴不安,也是我不及表哥之处,那就是表哥把手举向额头,双腿并拢,啪地向人行军礼那会儿,确确实实让我不敢小视。我隐隐约约感觉到我对表哥的不服气就出自那里,并且怀疑它会像影子一样影响我和表哥一生。

在企业做出了成绩,这一年老总放我一周假让我出去旅游,我想了想决定去表哥当兵的城市。在青岛我受到了企业界巨头的欢迎,在星级酒店享受星级待遇。这当儿我给表哥打了电话,让他也来参加这高级盛会。我心底的秘密也许就我自己明白,那就是我要和表哥一比高低,看看倒是他的军人风度在这里有光彩,还是我这创百万利润的企业老板更让人望而生畏。

表哥来了,还是那么年轻壮硕,威猛英俊。在酒店一个豪华的包房里,我把表哥向在座的知名人士做了介绍。我的话音刚落,表哥不失风度地啪地向一桌人行了个庄严的军礼。他虽没穿军装,军礼却敬得让所有人生出崇敬,也让我浑身一紧,就此想到一个锥子一样的词,神圣。

酒过三巡,众多人都寒暄退去,主办人领我和表哥到录音棚去唱歌,其实这是我有意提出来的,我和表哥从小就爱唱歌,可是我们从来都分不出名次,只有二娃坚定不移地认为我比表哥的嗓音浑厚,现在我想听听表哥的声音是什么样子。

这家录音棚很先进,边唱边录也边出光盘,表哥唱了一首《想家的时候》,我唱了一首电视剧《三国演义》的主题曲,效果都极佳极到位。表哥的音域还是像早年那么宽,那么厚,经过伴奏乐配合,更是妙不可言。可以说这一轮我和表哥看不出上下。然后是我和表哥再一次喝酒叙旧,你一杯我一杯畅谈小时候的趣事,可大多都是表哥的事有亮点,而我怎么说也是小毛孩子上树爬墙的事。表哥开始有了醉意,舌头有些硬,而我也有点飘飘悠悠,说话不着边儿。毕竟喝的是人头马和XO,可我们还是看不出谁高谁低。

后来我提出打台球,这家酒店有上好的台球案子,堪称本市第一,而我的球技在我们千人企业中也名列前茅,我顿时信心倍增。可是一旦打起来,我发现表哥人醉手没醉,一杆一个准,百发百中。我这才想起表哥在部队是练过枪法的,而我也就只有甘拜下风了。

我是个不服输的人,面对表哥的军人风度,我只有出此下策:我领表哥进了酒店色调最暧昧的房间,我的一个响指立即引来几位天仙女子,把我和表哥团团围住。她们坐在我和表哥中间,娇滴滴地开始行为献媚,我想表哥再是军人他也得首先是人,我就想看看作为军人的表哥,他如何抗拒这诱人的美色。

　　我企盼着这轮我能赢，也眼见着表哥要人戏，因为我虽被小姐缠得高度紧张，我还是听到了表哥急促的喘息声。可就在小姐的香腮向表哥的脸颊贴去时，表哥突然像个弹簧一样弹了起来，然后站起身向目瞪口呆的我们啪地打了个立正，行了个标准的军礼，再然后他转身迈着正步跨出房间，刚才的醉意一扫而空。

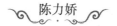

寻岸

陈力娇

　　拉比尔早晨上学心情很不好,这天有大雾。他的同学比萨把物理试卷给他时,他看到自己的成绩非常不理想,然后他就伏在课桌上哭了。谁都不知道拉比尔哭,只有比萨看到重新抬起头的拉比尔眼睛有点红。

　　拉比尔平时是个乐天派,没有什么事会让他不开心,他的学习成绩一直名列前茅,同学关系也好。他还特别热爱军事,熟读兵书,一米八的大个子永远是女孩子心目中的旗帜。

　　但是这几天拉比尔的心情就是不好,这都是因为遇上了那个人。

　　那个人那天在学校的大门外站着,他好像盯了拉比尔很久了。反正拉比尔无意中眼光同他对视时,觉得他特别不陌生,好像在哪见过,接着是那人向拉比尔点点头。

　　这以后拉比尔就再也没有忘记过他,觉得他的体魄格外的健壮,气质也超出常人。

　　拉比尔哭过后,心情稍好了一些,上课时他的精力很集中,只是课间他第一个跑出教室,他要去厕所,他早上的小解一直憋了一节课。就在他要走进厕所门那个瞬间,有个人在他身上撞了一下。这一撞实际只撞到了肩膀,但是拉比尔立刻感到有些晕眩,拉比尔侧眼望去时,他又一次遇见了那个人,接着拉比尔闻到一种迷人的奇香,他二话没说,跟着那个人走了出去。

　　这一年拉比尔十九岁。

　　这一年十九岁的拉比尔神秘失踪。

　　十年以后,拉比尔长到二十九岁了,而且出落成标志挺拔、仪表非凡的军人。和他十年前在学校门口见过的那个人一样,他的体态健美,体魄强壮,一看就接受过正规的部队训练。

他还有了自己的名字,叫辛格·比萨。

辛格·比萨现在有一个很好的头衔,苏联克格勃内部一名高官。这天辛格·比萨和一群外交官在罗马街头散步,走着走着,他忽然提出,要前往梵蒂冈看看。辛格·比萨兴趣广泛,好奇心强,大家理解他,由着他去了。

梵蒂冈是罗马的博物馆,里面有浩如烟海的文物、珠宝、雕塑,但是这些都不是辛格·比萨热衷的,辛格·比萨的思路远远游移于这之外。

逛完梵蒂冈,再看辛格·比萨的行动,他像十年前决然离开他的母校一样,没有沿原路回苏联大使馆,而是迈进了美国大使馆。

这就意味着辛格·比萨叛逃了。

辛格·比萨对自己的出逃早有准备,果然不出他料想,美国方面对他的到来喜出望外,他们像对亲人一样接待了他,又很快把他转移到美国。至此,辛格·比萨对十年前他离开校园的不情愿,稍稍有一点报了一箭之仇的快感。

负责审问辛格·比萨的是中情局一名重要官员,他叫威廉·艾姆。艾姆一点也不如当初带辛格·比萨出来的那个人好,最主要是辛格·比萨没在他脸上看到任何笑意。

艾姆正襟危坐,问了许多在辛格·比萨看来不太礼貌的话。而辛格·比萨对他的提问大都不感兴趣,他主要是想速速交出苏联在美国的谍报网。

苏联的谍报网那时非常强大,许多大的军事机要都是通过它的传导置美国于死地,辛格·比萨有把握自己的情报货真价实,这将奠定他在美国的特殊地位。

但是尽管辛格·比萨做了全方位努力,在审讯的一个多月间,他发现他所提供的谍报网毫发未伤,苏联在美国的谍报员依旧如履平地。辛格·比萨糊涂了,这对他无疑是个粉碎性打击,颠覆了他叛逃的初衷。

辛格·比萨这天去一家酒馆吃饭,其间喝了点闷酒,有一个官员模样的美国人在另一张桌上吃饭。他对辛格·比萨的到来颇感兴趣,他也喝多了,他示意辛格·比萨到他的桌上来。而等辛格·比萨过去,他却出其不意给了辛格·比萨一拳,然后对辛格·比萨说,知道你在这坐不稳的原因吗,因为这是我的地盘,但这并不影响我对你的国家的重要性。

辛格·比萨愣愣地看着他,乖乖地回到自己的座位,但是那人不依不饶,直逼得辛格·比萨离开了那家酒馆。那天辛格·比萨什么都明白了,他明白了那个人的用意,明白了艾姆是苏联克格勃的特工。

辛格·比萨还明白一个更重要的道理,这里终究不是自己的岸,他想靠岸,太难了。

三个月以后,辛格·比萨摆脱严密监视,像离开那家酒馆一样,顺利地回到自己的国家。

那天他大摇大摆进了克格勃机关,他吹着口哨,脸上带着从容的笑意。令所有人不解的是,苏联克格勃并没有追究他的责任,而是让他继续留任。这谜底后来由知情人传出许多版本,但是只有一种比较适合辛格·比萨,说他一直在想念他的妈妈,寻找他的妈妈,可是他的妈妈早在他神秘失踪的第二年就扛不住思念之苦,抑郁而终,死前哭瞎了一双眼睛。

微笑的雪山

胡 炎

　　关小山在西藏边防部队当兵,这里是高山雪原,不用说,条件十分艰苦,可关小山留给战友们最深的印象是:微笑。这小子从踏上雪山第一天起,就把一张笑脸送给了大伙,因此,大伙也都特别喜欢他。

　　关小山口袋里有一件宝贝,那是他女朋友小娟的照片。姑娘长得特别水灵,一点不像农村人。战友们寂寞了,无聊了,就说:"小山,把你的娟妹子给咱解解眼馋。"关小山不掖不藏,大大方方地把照片拿出来,战友们一边看一边嫉妒地说:"你小子桃花运可真不错,说说,你要了什么把戏把人家骗到手的?"

　　关小山狡黠地笑着,说:"这可是咱的武林秘籍,哪能轻易泄露?"

　　照片传到了五大三粗的庄大炮手里,只见他瞪着一双牛眼,夸张地吸溜着哈喇子,猛地在照片上亲了一口,嘴里还说:"这么标致的妹子,要是个物件该多好,咱兄弟一人一半。"

　　关小山一点也不恼,反而得意地笑开了花:"怎么样,味道不错吧?人是我的,照片你随便亲。"

　　雪山与外界遥遥相隔,日子难免单调。临近中秋节,不少战友想家。可关小山照旧天天一副笑脸,庄大炮问他:"你小子就不想家?"

　　"想家干啥,哪有咱哥们儿在这大雪山舒服?"

　　庄大炮撇撇嘴:"骗鬼吧,不想爹不想娘,还能不想你的娟妹子?"

　　关小山嘿嘿乐了。说不想是假的,关小山夜里偷偷给小娟写信,让她给爹娘捎话,他一切都好,不要惦记。当然,信的末尾没忘了两个字:"吻你。"庄大炮悄悄溜到他身后,突然把信抢过来,看到那个"吻"字时,鼓着牛眼问:"小山,这个字咋念?"

关小山不羞不臊,给他念了一遍。庄大炮还是不明白:"这吻是个啥意思?"

关小山一脸坏笑,故意卖着关子:"吻嘛,就是握手的意思。"

庄大炮说:"不过瘾,换了我就说亲你。"

关小山笑得前仰后合,庄大炮还以为自己把关小山逗乐了,也咧着大嘴哈哈大笑起来。

转眼,中秋到了。晚上,战友们搞联欢。虽然气氛热烈,但对亲人的思念还是让大家的情绪沉重了不少。这时,关小山突然笑眯眯地登了台,说:"下面,我给大家表演一个节目,大家呱唧呱唧。"

只要是关小山的笑脸一出场,大伙就开心不少。一阵掌声后,关小山变戏法似的从口袋里掏出一封信,清清嗓子说:"现在,表演正式开始。我表演的节目是:我的情书。"

大伙都乐了,纷纷催促他赶快念。关小山操着南腔北调的普通话,把小娟刚来的信给大家念起来,到了最后一段,关小山改了词:"各位大哥们:你们别挂念我,我很好,爹娘都好。等明年夏天,我去看你们。你们亲爱的小娟。吻你!"念到这里,关小山来了一个响亮的飞吻,荡漾出一脸醉笑。

果然,关小山的情书让大家的情绪都高涨了起来,一阵哄笑后,有人唱家乡小调,有人说笑话,有人表演起了自编的三句半,就连庄大炮也扯着牛嗓唱了一段河南豫剧。

回到宿舍,庄大炮缠着关小山,问小娟是不是明年真的会来。关小山甜蜜地点点头。庄大炮激动起来了,连声说着"太好了",好像要来的是他媳妇似的。关小山朝他肋巴上捅了一拳:"又想着分给你一半的美事了?嘿嘿,放心,美事我干,美梦归你。"

冬天到了,气候越来越恶劣。这天,关小山和庄大炮等战友外出巡逻,突然一阵狂风刮来,军犬被刮得脱了缰,关小山奋力追赶,不料脚下一滑,滚下了山崖……

万幸,关小山没死。战友们把他救回去后,关小山整整昏迷了一个星期。没想到,这小子一睁开眼,看到旁边的庄大炮,嘴角一动就是一个可爱的微笑。庄大炮眼窝湿了,说:"你小子,我真怕你醒不过来了呢。要是没了你,我都不知道该怎么办了。"

关小山说:"哪能呢,我命大福大造化大,阎王老子给我说了,我欠这雪山80年笑脸,想走也走不了啊。"

庄大炮憨憨地笑了。

第二年夏天，庄大炮又寻思着小娟来的事了。关小山说："你这个傻大炮，这儿是女人来的地方吗？我那是逗着玩的，你要是想她，今晚我把照片借你搂着睡一夜。"

庄大炮搔搔头，不好意思地笑了。

日出月落，雪山边防的日子终于要画句号了。在退伍的前夕，关小山又收到了一封信。庄大炮问他信上写的啥，关小山幸福地笑着，说："家里洞房都准备好了，小娟等着和我结婚哩。"庄大炮羡慕得不得了，又要讨信看。关小山推开他，说："太肉麻了，不准看。"庄大炮说："等着，早晚我得去你家，好好看看咱的娟妹子。"

不久，关小山微笑着告别了雪山，告别了战友。

一年后，庄大炮专程来看关小山。这是一个贫穷的乡村，关小山已经被村民选为村主任，正带领乡亲们修路。一见庄大炮，关小山还是那副可爱的笑脸，庄大炮激动地和关小山来了一个拥抱，这笑脸他太怀念了。

关小山把他拉到家，庄大炮里外看了一圈，只有关小山老父亲一个人。庄大炮问："小娟妹子呢？"关小山把他按在椅子上，说："回娘家了，大炮，你先坐，我去整两个菜，咱哥俩好好喝几杯。"说着，便熟练地系上围裙，去了灶房。

庄大炮跟关小山的老父亲搭话，才知道老人精神有些痴呆。这时，关小山上了酒菜，两人话不多说，先碰了三大杯。庄大炮又想问关小山的家事，可关小山只顾劝他喝酒，只字不提家里的情况。庄大炮终于觉得不对劲，把酒杯放下，说："小山，你别以为我憨，我一没见老娘二没见小娟，你实话告诉我，家里到底出了啥事？"

关小山把一杯酒一饮而尽，说："好吧，我告诉你，其实在我退伍前，我收到的那封信不是小娟的，而是一个邻居照我爹的意思代写的。信上说，我娘三个月前下世了，爹怕我伤心，所以没告诉我。小娟她……半年前就跟一个男的走了。爹是担心我退伍回来受打击，所以提前给我打了个预防针。从那以后，我爹受了刺激，精神就越来越恍惚……"

庄大炮怔了，张着大嘴呆呆地愣了老半天。末了，他鼻子一酸，问："那你为啥不把真相告诉我，为啥你还笑着离开了部队？"

关小山望着远处，那里正是雪山高原的方向，说："咱守雪山走高原的爷儿们，连阎王都不怕，还有啥能让咱撑不住的？我关小山离开部队，没啥可留的,就把咱的笑永远留给雪山吧!"

关小山说完,豪迈地笑了起来。可庄大炮分明看到,关小山的眼睛里闪动着晶莹的泪花……

弟兄

乔 迁

　　大太爷在跟东北军的团长对话时,乔家窝棚老老少少已经吃完了最后一粒粮食。几百口人由于长期的营养不良,已是瘦骨嶙峋,脸色灰土。可这时离春天还有一段日子呢,这时,是连一口嫩草都寻不到的时候啊!

　　红光满面的团长望着一脸灰土的大太爷,傲慢地说道:"把你的队伍拉来,投靠我,总比你当胡子东跑西颠的强。"

　　大太爷就回望了一眼身后跟来的那个弟兄,说:"我的弟兄们都自由散漫惯了,怕是受不住军队的约束哇!"

　　团长就说:"哪里,你是大哥,只要你没说的,就没问题。你有什么要求也尽管提出来。"

　　大太爷咽了一口唾沫,说:"好,我投靠你行,但我要十万斤粮食,而且现在就要。"

　　团长愣了一下,旋即问:"你要那么多粮食干什么?你投靠了我,还能少你吃喝?"

　　大太爷一笑,说:"胡子杀人掠货还有问为什么的吗?给了,我回去收整队伍,两天后一准来投靠。不给,你留我还是放我?"大太爷说话把手放在别在腰间的匣子枪上,目光直视团长。

　　团长面有难色,说:"这……难办呀!十万斤可不是个小数目哇!"他的目光不住地闪动。那时上边有令,谁能收编有枪有马的胡子,谁就可升高官拿厚禄,又可以扩充自己的人马。

　　这时,大太爷身后的那个弟兄说道:"这是我们大哥的规矩,哪笔买卖头个要收的都是粮食。"

　　团长就笑说:"这规矩倒挺有意思。可你就要投靠我们东北军了,还用得着这规矩了吗?"

大太爷就脸色生铁般硬,说:"不是还没投靠呢嘛!当一天胡子就守一天规矩。"

团长说:"可你我这是……"

大太爷说:"我跟任何人说话都没有白说过的,这也是我的规矩。两天后这些粮食不又回来了吗?"

团长心里就恶狠狠地骂了一句,死胡子,什么他妈的破规矩?嘴上说:"丑话往前说,也知道你们这行人是说一不二的,但你拉了粮食……"摇了摇头。

站在大太爷身后的那个弟兄就往前迈了一步,说:"我留下吧!"大太爷脸抽搐了一下,寻思了一会儿,勉强说:"好吧!"

团长把这一切都看在了眼里,也看出了跟大太爷来的那弟兄不想回去了。团长心里就安稳了,即使大太爷变卦不来投靠,有他这个弟兄,还怕找不到大太爷?到那时,十万斤粮食我要拿回来不说,就势也灭了你。团长就起身说:"好,我现在就调十万斤粮食给你,两天后,我迎接你的到来。"

两天后,大太爷没有来。这时团长和留下的那个弟兄已经喝成了一个人似的。大太爷叫人送来了一封信,信中说,多谢团长的粮食,那个弟兄就送给你了。

团长就脸如猪肝色。那弟兄忙一脸献媚地说:"团长,您别生气,有我跑不了他的,不仅要把粮食夺回来,还要把他的枪马都拿来。"

团长精神一振,说马上就去,免得他们跑了,于是集合了队伍,出发了。在那弟兄的引领下,果真很容易就找到了大太爷和他的弟兄们。团长指挥士兵刚要开火,大太爷领着他的弟兄们转头就跑。团长领着军队在后紧追,追了十几里,双方就近了,瞅着能搭上话了,大太爷突然勒转马头,冲紧跟在团长身边的那个弟兄喊道:"弟兄,你跟我一回,你不仁,我不能不义,我不叫你死,你就别再追了。"话音刚落,只听一声枪响,那弟兄就一个跟头折下马去,手中的枪也甩掉了,抱着小腿嗷嗷地叫。几个士兵过来一看,是腿被打折了。

团长就惊出了一身冷汗。那弟兄呻吟着对团长说:"团长,别追了,那胡子是个神枪手,指鼻子不打眼哪!"团长就脚底下跑凉气,不敢追了。转眼间,大太爷和他的人马就没了影踪。

后来,那弟兄跛着一条腿领着团长找遍了大太爷所有待过的地方,可没见到一粒粮食，而大太爷跑时又没带粮食，团长咋也没想明白，直到他被以"剿匪不力，损失惨重"之名处死时，他如何也不会想到，一贯杀人掠货的胡子竟把从他手中骗抢的粮食送给了老百姓。

那以后，大太爷再也没有在这个地方露过面。跛腿的那个弟兄在春种时回到了乔家窝棚。

那弟兄回来，已是精神奕奕的乔家窝棚人连看都不看他一眼。每当下雨阴天时，那弟兄就抚摸着他的那条残腿，自言自语地说："苦了你了，谁能想到你是我自己打断的呢?!"

桥

闫耀明

任务下来的时候，大兰正组织村里的姐妹们把各家各户仅有的一点白面都聚起来，她打算烙一些千层饼送到前面去。烙千层饼需要豆油，大兰就首先把自己家的油瓶拎了出来，正吩咐人到各家去拎油瓶，通讯员跑来送给大兰一张纸条。

大兰她们的任务只有一个，在天黑之前，在女儿河河面上架起一座桥。大部队要在午夜之前全部过河。

看了纸条，大兰就意识到前方吃紧了。东北方向还没有声响，但大兰知道林彪、罗荣桓已经指挥部队把锦州团团包围了，否则前面的战事不会这样紧。大兰死死地捏着纸条，快步出村，站在女儿河边，向对岸望。

女儿河面平展如镜，河面不宽，大概有二十多米，但最深处水可到腰部。已经是十月份了，河面上泛起的凉意扑得满面，大兰的心就焦躁起来。

村上的青年男劳力都上前线去抬担架了，柜子、木料也都运到塔山修了工事，要架一座桥，人呢？料呢？情急之中的大兰风风火火地跑回村，挨家挨户地串，却没有找到可以架桥的东西。她急得把手里的油瓶子狠狠地蹾在桌上。瓶子断裂了，大兰的手流出了殷红的血。

前面的解放军一定伤亡惨重，大兰说，如果增援部队不能很快上去，那一定很麻烦。咱们的任务是在女儿河上架一座桥，在天黑之前。大兰用目光在姐妹们的脸上扫视了一遍，说，这是死任务，不完成不行。大兰望了望已经向西天飘的太阳，瞪了瞪眼睛，行动吧！天快黑时，河岸边堆积了全村的门板，还有一些桌子。大兰粗粗一算，门板够了，可桌子太少，摆下去，连河中间也到不了。她就又瞪起了眼睛，正要吩咐人下去找桌子，一队人马迅速地向河边靠过来。大兰的心就"咯噔"一下。

一位瘦高的连长跑来,问大兰,桥呢?

大兰的心一阵急跳,河面上漫起来的凉气使她的身子抖了一下,她就有了想尿尿的感觉。

连长望了望河面以及岸边的那些东西,回头冲队伍喝一声,往后传,准备渡河!

不!大兰尖尖地叫了一声。水太凉,渡了河怎么行军打仗?

可桥呢?连长说着猫腰卷裤脚。

桥,有!大兰吩咐身体单薄的二丫立即把烙好的饼发给战士们,然后她跳进河水里,把门板的一端扛在肩上。

众姐妹纷纷跳下河,用肩头扛起门板。只有几分钟,一座由门板作桥面、人体作桥墩的便桥出现在了女儿河上。

连长大叫,这怎么行?

大兰死死地咬着牙齿,从牙缝里挤出三个字:快过桥!

连长揉了揉鼻子,冲部队喊,往后传,轻落脚,快速过桥!战士们顺着门板桥快速向河对岸跑去。

月亮升起来了,虽然没有满,但仍把清辉撒下来,像一些闪亮的银子,在女儿河面上闪闪耀耀。大兰用双手死死地抓紧门板,右肩上钻心地疼,她忍着,没有发出一点声响,努力地把身体站直,站成一座桥墩,挺立在一九四八年十月十二日的女儿河里。

部队过完了,大兰想喊大家快上岸,但她的双唇抖得厉害,她用了很大的劲,也没有发出声音来。她想赶快爬到岸上去,但双腿却怎么也迈不动。她缓缓地转过头,望了望仍站在河水里走不动的姐妹们。

站在河岸上的二丫发出一声尖厉的锐叫:大兰姐!

牺牲

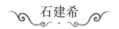
石建希

窗外的天色很黑,天空似乎也矮了一大截,越野车强烈的灯光射过去,密不透风的雨幕后面,是黢黑的天,让人担心那团黑色随时会一并砸下来。情况通报说这是百年一遇的大洪水。

永刚又看看表,时间又跑了十分钟,正是晌午。作为野战部队的一个少校副参谋长,这些年的力气都使用在四处的救急中去了。和平年代军人的荣誉就多半只有从这天地的暴戾无常里,在灾难中去赢得。有人说要快速做官只有两种办法,一是将军成名白骨枯,一是要有贵人的相助。此刻,上校大队长,永刚的贵人就坐在前面。

从军校出来的少尉到今天的少校,永刚没有离开过上校的目光,他看着永刚从一个少尉成长为少校,据说这已经超过他的记录了,他升少校时比永刚大五岁。尽管他现在已经是上校了。他甚至嘿嘿笑着,对永刚说,你要想再升快点,只有尽快把我肩膀上的星星多增加一颗,我才有位置给你空出来。于是上校总是把上阵的机会给永刚。

雨水还在瓢舀盆端地泼来,没有人知道后面的雨水究竟还有多少。在古北堤坝那边,新兴的开发区已经泽国一片了。据气象局预报,大雨还要持续五个钟头,堤坝溃掉是迟早的事情。现在洪水已经围住了上百的群众,有个厂子准备转移的决心下晚了,谁在丢掉每月以万为单位的产值面前都不是神仙。当时都说去年大家已经遇上一次五十年一遇的洪水了,今年应该没有更大的问题,但是,这个要命的但是,是永刚他们这支队伍必须去解救他们了。

车子与公路坎下的江水赛跑,雨刮器要命地晃动,也没有什么作用。

永刚回过头去看后面的车队,突然感到车子漂了起来,紧接着在人的惊

讶和车子撞击江水的乱响中,永刚发现自己乘坐的这辆指挥车因为路基的垮塌,已经掉进了汹涌的江水中。

浑浊的黄水很快就漫过了密闭的车窗玻璃。车子被拦在一块大石头前,永刚清醒过来的时候发现驾驶员伏在方向盘上,上校好像也受了重伤。永刚意识到的第二个问题是,水中的车窗玻璃不是那样容易砸开的,而且一旦把车窗玻璃弄开,污浊的混水立即就会涌进来。永刚把手伸向上校,却猛地被上校掀开了。

脚被卡住的上校很生气,他厉声喝骂道,你不要,不要侮辱我的能力,你的前线在古北大堤。我把脚松出来就没有事了。

最后上校推着永刚的大腿把他送出了车子。永刚挣扎着游到了岸边,后面的战士已经全部跳出车来,脸上都是惊慌。

永刚留下了一组战士营救上校。汹涌的洪水咆哮着,前线局势紧急得要命,那里现在可是围困着上百个手足失措的人。

这无疑是一次相当精彩的救援,现场的手机录像显示了这支铁军的勇敢。战士们顶着拍打在胸口、脸上的惊涛骇浪,在三百米宽的洪水中搭起了一根救命的缆绳,从这根救生索上牵引过来了一百三十八个人,其中没有一个是永刚带过来的。他记得上校曾经说过,立功的机会是兄弟们的。其实看着人遭罪,而无法直接援手是很慌人的。

在和洪水生死搏斗的三个小时里,永刚没有想起上校,就好像那里是后方。

后来大家都说,永刚站在大堤上纹丝不动,目光坚毅,像个将军。其实永刚知道,自己满脸的水全是汗,那攥住心尖尖的手一刻也没有放松。前线的战事平息下来的时候,永刚看看左右,没有上校的身影,再回望雨幕中的公路,大雨依然猛烈,刷刷地下,下得人心发毛,不停呼叫的电话那头始终沉默。永刚眼前有点发黑,全身的精力顺着雨水不停地往地上泄漏。

到这场百年不遇的洪水退下去,还是没有人看见上校的身影。全市动员了上万人沿江而下,也没有找到那辆车和上校的影子。

上校的爱人除了哭泣再没有多余的话,和永刚就一句话也不再说了,甚至不能再见面,一见就止不住地流泪,要知道以前她比上校更爱和永刚说笑的。

灾后是照例的表彰。在出席救灾英模的表彰会上,永刚头一次不明不白地晕过去了。授给上校的鲜花和证书没有出现在这次的表彰会上。表彰名单里面没有永刚的名字。

获不获奖不重要，重要的是永刚晚上总是做噩梦。上校的手无数次把睡梦中的永刚从床上掀下来，让永刚一夜一夜地合不上眼。

上校的证书是在半年后审批下来的。打沙船在江底抽到了锈蚀的军用吉普，车里两具骨架抱在一起。

省上和军区联合召开了追授英雄荣誉的表彰大会。大会上，上校的爱人没有哭，自从看见两具纠缠在一起的遗骨，她就不再流泪了。那时，上校的爱人看见了在下面坐着的永刚，永刚曾经乌黑茂密的头发现在一片雪白，原来挺拔的身板也弯了，眼神蒙眬。他垮了，再没有以前那种精神头了。

表彰会后，永刚就退伍了，医院检查证实他的身体已经垮了。在军营的门口，上校的爱人赶来了。她对永刚点头，永刚也点头。她又点了点头，永刚还是点头。临末了，她握着永刚的手说，都是水，是水的原因。谁叫你们是兵呢?!

哗的一声，永刚拼命护着的泪海大堤轰然崩溃，这个曾经坚强无比的战士顿时哭得一塌糊涂。

军礼

王培静

　　七月天，小孩的脸，说变就变。刚下了一场中雨没两天，昨天晚上这瓢泼大雨又下起来了。此刻大雨下了已是整整一天一夜了，荣军长站在防汛地图前，眼睛盯着地图上一小步就能跨过去的防洪大坝沉思。部队上了防洪大坝六个小时了，水位越升越高。荣军长对身边的秘书说：备车，我要去地方防汛指挥部。

　　地方防汛指挥部里也是灯火通明，从大坝传回的汛情告急的电话铃声不断，有人走来走去，有人吸烟沉默，有人望着窗外电闪雷鸣的夜空发呆。见荣军长进来，大家的目光都聚了过来。坝下有老百姓的一万亩良田，还有近二十个村庄的房屋家产。虽然男女老少都撤到了高处，但那是好几万人的生息家园哪。荣军长声音洪亮地说："请你们放心，我保证人在大坝在，我们誓死保卫大坝，保卫人民生命财产的安全。"听到荣军长的话语，人们脸上的表情放松了许多，有人带头鼓起了掌。

　　从地方防汛指挥部出来，荣军长冒雨上了车，命令司机道："咱们去抗洪大坝。"司机看了眼身旁的秘书，见他没言语，驾车钻进了夜色中。

　　到了大坝的一端，司机停了车。秘书忙说："首长，您在车上等一下，我去把各团的几位领导找来。"秘书一边说着半个身子已下了车。

　　"不必了，咱们一起下去看看。"荣军长要下车。

　　秘书为难地说："您的身体……"

　　"我还没有那么娇贵，再说跟舍弃个人生死、坚守在坝上的官兵们相比，我这算什么？"荣军长说着已下车踏进了泥中。

　　秘书忙打开了伞，跟上了首长。走了一段，司机借了个汽灯追上来。荣军长在中间，秘书和司机一边一个，仨人在泥泞中艰难地向坝上走去。

整个大坝上人来人往,官兵们在紧张有序地忙碌着,那一盏盏汽灯像天上的星星眨着眼睛,时刻警戒着大坝坝堤的一丝一毫的变化。

走到坝的中央,荣军长站住了,他对秘书说:"去把吴副参谋长找来。"

不一会儿,秘书带吴副参谋长等几位干部来到荣军长面前,几个人在夜色中举起了手,首长也抬手还礼。荣军长说:"你们辛苦了。"随后吴副参谋长站在雨中的大坝上,向荣军长汇报了抗洪官兵开赴第一线近八个小时以来的情况。当吴副参谋长说到有一名营长为抢救一个不会游泳的战士牺牲了时,荣军长急切地问:"是哪个团的,把当时在场的最高领导给我找来。"

吴副参谋长说:"三团三营的,叫王志军。他就是当时在现场的最高领导,他是个好干部。是我工作失职,我对不起上级领导对我的信任,更对不起王志军同志的亲人。"

听到这儿,荣军长身子一怔,夜幕中谁也没有发现。他望着大坝内汹涌吼叫的波涛,声音低沉地说:"你不必自责,这样的任务有牺牲是避免不了的,那个战士救起来了没有?"

"救起来了,王志军同志把他推上了岸,自己却被旋涡卷走了。"

荣军长轻轻"哦"了一声。

荣军长向坝堤边上走了走,脱下军帽,缓缓地举起了右手。闪电中,吴副参谋长、秘书、司机以及那几名干部都脱帽照荣军长的样子,面向水面,举起了右手。别人的手都放下了,荣军长的手还迟迟没有放下,他的脸上有两行热泪和着雨水流了下来。

也许天太暗,也许是因为下着雨,荣军长脸上的表情谁都没有发现。往回走的路上,他的两腿像灌了铅,一步步迈得很艰难。坐在回程的车上他想,回到家怎么向老伴"交代"志军牺牲这事?

编外女兵

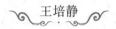

王培静

在昆仑山脚下的一所军营里,只有四十几个军人,实际上部队是一个连的编制,他们主要负责昆仑山地区的油管保卫任务。六月里上山巡线,碰上下大雪是再正常不过的事情。

一个军人威严的声音响彻山谷,下面开始早点名:

刘挺。

到。

崔海军。

到。

张金娃。

到。

……

程菲菲。

全体军人共同回答:到。

程菲菲是连队年龄最小的士兵,也是连队历史上第一个女兵,但她已是有十五年兵龄的老兵了。

新兵下连,学习连史。老兵们就会讲起程老兵的故事。

那年她才五岁,跟在内地当教师放寒假的母亲来这儿看望父亲。她的到来,成了军营里的一道亮丽风景。她天真烂漫的样子,着实惹人喜爱。她粉嫩的小脸蛋上,一笑有两个好看的小酒窝,谁见了都会情不自禁地想摸一下她的脸。

战士的宿舍里,操场上,只要她一出现,战士们就让她表演节目。她从不拒绝,问,你们喜欢什么?

有战士说,给我们唱个歌吧。

那好吧。

她就像模像样地开始演唱:小燕子,穿花衣,年年春天来这里……

有战士说,给我们跳个舞吧。

她就张开双臂,给大家绘声绘色地表演新疆舞,那身段,那动作,颇有小名星的风范。战士们看了就使劲鼓掌。

虽然她就只会那么两首儿歌,两段舞蹈,战士们却是百看不厌。

这天夜里菲菲感冒了,高烧不退,外边的大雪封了路,连里的卫生员给她吃了退烧药,烧一点也退不下来。天一亮,战士们纷纷请示,我们接力背菲菲去城里看病吧。连长和指导员商量了半天,觉得这办法不可行,因为连队离格尔木有二百多公里。指导员打电话向上级求援,一时也没有特好的办法。战士们哄她,菲菲,你要坚持住,等你好了,再给叔叔们唱歌跳舞。她的小脸绯红,点点头,想了想说,下次再来,我一定给你们表演更多好听好看的节目。坚持了半天,又坚持了半天,菲菲的高烧终于转为肺气肿,半夜里她走了。听到菲菲母亲低沉的哭声,战士们一下子拥了进来,他们摘下军帽,缓缓地举起了右手。

他父亲是个老志愿兵,已在部队多待了八年。战士们私下里抱怨,都怪他,他要是正常转业,菲菲就不会来山上,也就不会发生这样的事情了。

菲菲被埋在了格尔木烈士陵园外的角落里,凡是有战士进城或出差路过,大家都会买些好吃好玩的去看看她。战士们站在她的墓前说,程老兵,我们来看你了,只要在咱连队待过的军人,无论走到哪里,都会记挂着你。你永远是我们的战友,是我们连队独一无二的文艺兵。

为了纪念她,连里形成了不成文的规定。十五年了,兵们走了一批又一批,换了一茬又一茬,每次点名,点到她的名字,全体士兵就饱含深情地一起回答。

她这个编外女兵的兵龄只有六天。

胖月亮瘦月亮

王明新

黎明前的深秋,班长笔挺地站立着。西天将要沉下去的月亮,像被啃的有些残缺的瘦瘦的烧饼,挑在班长的枪刺上,轻轻的夜雾和淡淡的月光交织在一起,氤氲在班长四周……这形象凝固了般刻进我的大脑,雨打窗棂,午夜梦醒,不时就会闪现出来。班长,如今你在哪里呢?

新兵连生活结束,班长去接我。点完名,班长一把握住我的手,疼得我差点冒出泪来。等班长松开的时候,我手掌通红,好久难以舒展。后来,我知道班长老家与我邻县,算是老乡。再后来,我还知道班长家在黄河古道边的一个穷村子,父亲因类风湿落下个残疾,常年躺在床上。他还有一弟一妹,都上学,家里种着五亩地,全靠母亲一个人支撑。班长在部队一直很努力,想通过自己的进步改变自己也改变家庭的命运……

分到班里不久,部队秋季拉练开始,晚上部队在一个小村旁宿营。夜里我站岗。白天走了近五十公里路,站了一会岗,我的肚子便开始叽里咕噜乱叫。我看看手表,还有两小时换岗,到吃饭至少还有四个小时。想到这里我腿都软了。无奈之下,我抬头看天上的月亮,这时候天上的月亮成了食堂散发着麦香、充满了弹性、又大又白的馒头。

我正看着月亮想馒头,班长来查岗。班长说想家了吧?我想也没想就说我饿。班长迟疑了一下,说我替你站会儿岗,你回宿舍找找看有没吃的。说着,班长接过枪就背在了肩上。我往回走的时候,班长嘱咐我,动作轻点啊!我答应着,回头看看班长,就看到了开头那副景象。

在宿舍里我什么也没找到,灌了一茶缸子凉水后重新回到哨位。

班长却没走,说真饿?我说真饿。班长说跟我来。在那一瞬间,虽然我意识到这是脱岗,而脱岗对于一个哨兵来说,则意味着部队有可能被敌人

"包饺子",也就是说意味着所有官兵的生命……但我马上又想到这是和平时期,因此刚才的"意味"绝对不可能发生。

昨天是拉练的第一天,晚上宿营的时候班长让我给他讲解一道数学题,完了,班长说怎么不复读一年? 我说想复读的,可爹说乡里乡亲的都借遍了,再借张不开口,说着我直想哭。班长拍拍我的肩膀说,一根藤上的两个苦瓜呀!

距我站岗的地方不足二十米,就是我们连的食堂——一个低矮的帆布帐篷。来到帐篷下,班长用枪刺挑开窗帘。透过淡淡的月光,一筐盖着笼布的雪白馒头呈现在眼前。

班长挑开笼布,轻轻一刺,一只馒头就挑在了刺刀尖上。班长把枪收回来,馒头在月光下散发着诱人的微光。现在我看馒头又像极了天上的月亮——又肥又圆的月亮,比天上的月亮还好看。班长把馒头递给我,我以为班长会给自己也来一个,所以拿到馒头就毫不客气地一口咬了一小半。谁知班长却没那样做,而是命令我立刻回到哨位上去。我迟疑了一下,不情愿地将馒头掰下一半递给班长,我知道班长肯定也饿。班长却没接,而是又来了第二道命令:跑步前进!

第二天,天刚蒙蒙亮,突然想起集合号声,不到一分钟,全连以班为单位集合完毕。连长第一句话就是,昨天晚上炊事班招了贼,盖馒头的笼布被掀开了。说到这里连长的眼睛雷达一样在全连士兵的脸上扫描来扫描去,又说,少了一个馒头。然后又是一番扫描。我耳热脸红,心扑通扑通狂跳不止。这事虽不是我干的,但班长是为了我才这么干的。班长因为考不上军校,一直提不了干,但班长军事素质好,带兵有一套办法,再熬几年也许能弄个志愿兵。所以,决不能让班长替我背黑锅。想到这里,我再也"稍息"不下去了,正要站出来,站在我身旁的班长在背后拉住我,大步走出队列。

班长出列后,立正,敬礼,然后大声说,报告连长,馒头是我拿的,我违反了纪律,请求处分!

连长看着班长,说曹武你可是老兵了,还是班长,如果是战争年代知道你这是什么性质的错误吗? 回列,听候组织处理!

是! 班长向后转,正步走,回到队列中。

拉练结束,班长就被列入秋季复员人员名单。这些天我心里一直不安,终于下定决心,澄清事实,还班长一个清白。这样也许能挽救班长,不然他这五年兵就白当了,我不知道他回去后该如何面对那个家……

　　我写了份检讨,在这份检讨里班长只是在不知情的情况下,替我站了一会儿岗,偷馒头吃馒头全是我一人干的。就在我要把检讨交给连长的时候,班长叫住了我。那是个星期天,兵们都上街了。班长说,你写了份检讨? 给我看看。我把检讨递给班长,班长看也没看就几把撕碎了。他说,我就这样了,难道你也就"这样"了? 我说我是新兵,还有的是机会。班长说机会? 新兵蛋子,要是背上个处分,两年别想翻过身来,等你翻过身来就该复员了。他说着拿出一个发黄的军用书包,书包里是几本书角磨秃的书和一摞笔记本,又从床底下拿出一个磨掉了漆的小板凳,说这些我都用不着了,你留着,我走了你要好好学习,一定要考上军校! 班长说着,有泪慢慢地从眼睛里渗出来,我嗓子一热,扑在班长怀里号啕大哭。

　　三天后,班长背着记过处分离开了部队,我去火车站想送送班长,却不知怎么面对他。直到火车开了,远去了,我还在离火车不远的地方站着。

英雄

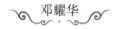

邓耀华

队伍路过小村时,顺便停下来休整。

二牛的家就在小村里,二牛当兵后,一直南征北战打鬼子,从没回过家。二牛就跟连长请了假,回去看家人。

其实,二牛家里,就只有二牛的娘一人了。娘七十多岁了,老态龙钟,走路颤颤抖抖的。二牛一看到娘,就跪下去,抱着娘的腿,哭道:"娘——儿子不孝啊。"

娘说:"傻儿子,看你说哪了,你在外边打鬼子,有啥不孝的?"

二牛又说:"娘——儿子不孝啊!"

娘摸着二牛的头,说:"儿呀,快起来,都恁大的人了,还哭个啥?"

二牛就站了起来,把娘上上下下打量了一遍,又说:"娘,儿子这几年不在家,你一个人是怎么过的呀?"

娘说:"怎么过的? 慢慢熬呗,这不是好好的吗?"

二牛说:"娘,你老了,儿子要孝敬你,照顾你,让你享享最后的福。"

二牛看罢娘,回到队伍,找到连长说:"连长,俺娘老了,没人照顾她,俺得在家里侍候她老人家,等她老人家百年后,俺再回队伍里行不?"

连长说:"二牛,我知道你是孝子,但队伍马上要上前线了,你是老兵,会打仗,队伍离不了你呀!"二牛是出了名的神枪手,枪打得准,鬼子们早就对二牛闻风丧胆。

二牛说:"连长,俺求你了,俺娘她真的要人照顾,俺走了,俺娘怎么办呢?"

连长说:"不行,你想临阵脱逃,我毙了你。"

二牛说:"连长,俺跟你这么些年打鬼子,你看俺是那种临阵脱逃的人

吗？俺娘没多少日子了，俺得孝敬她几天。"

连长说："让我来想想办法吧！"

二牛说："能有啥办法？在小村，俺没亲没故的，要是有办法，俺也就不会求连长了。"

连长思索了一阵子，摆了摆头，叹了叹气。

二牛带着哭腔说："连长，俺得给俺娘送终啊！"

看着二牛的样子，连长无可奈何地摇了摇头，答应了。

晚上，二牛回到娘那里。二牛跟娘说："娘，儿子这回不走了。"

娘一惊，问二牛："儿子，咋了，你不去打鬼子了？"

二牛说："娘，你老了，儿子留下来侍候你，等你百年后，儿子再回队伍里打鬼子。"

听了二牛的话，娘恼了，娘发脾气了，娘说："儿呀，你真是混球。"

二牛说："娘，儿子不是混球，儿子是要孝敬你。"

娘说："儿子，你这是孝敬娘？你这是在给娘丢脸哩！快回队伍里去，要不，娘饶不了你。"

二牛说："娘，你都这么老了，二牛咋舍得下你呀？"

娘说："儿呀，娘是老了，但娘的手脚都还能动，要是不能动了，娘就爬到井边上，一头扎井里，就了事了。"

二牛大叫一声："娘——不，儿会孝敬你的。"

娘说："儿子，你到底回不回队伍里去？"

二牛说："不回！"

娘说："儿呀，你这样，不是孝敬娘，是害娘啊！"

二牛说："娘，儿子咋会害娘呢！"

娘晓得说不动二牛，娘知道自己的儿子打小就是一根筋，就依了，说："好吧，儿子，那就留下吧，但娘有个要求。"

二牛问："娘，你有啥要求？儿子一定答应你。"

娘说："儿呀，答应娘，给娘养老送终后，没啥牵挂了，就赶快回队伍上去，多杀几个鬼子，行不行？"

二牛说："行，儿子听娘的。"

娘笑了，娘说："娘晓得儿子是个孝敬儿子，娘也晓得儿子不是个孬种。"

二牛使劲地朝娘点着头。

第二天早晨，二牛去娘屋里给娘送洗脸水，突然就发出了撕人心肺的哭叫声:"娘——你为啥要这样呀——"

娘死了,是在夜里用裤腰带自缢的。

队伍官兵闻讯,无不痛哭流涕。全体官兵为二牛娘披麻戴孝。

娘下葬时,二牛大哭道:"娘——俺听你的,去杀鬼子。"

官兵们也一起大哭道:"娘——你安息吧,俺们一起去杀鬼子。"

队伍还给二牛娘立了碑,连长亲手写的碑文,只六个字:俺们的娘,英雄!

狙击手的遗憾

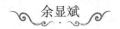

余显斌

这是一杆老枪,老,但并不等于已经报废。相反,它的命中率极高,百发百中。

因为,它被握在一个著名狙击手的手中。

这个狙击手有着狼一样的眼光,蛇一样的灵动,狮子一样的辨别力。他卧在草丛中,一动不动。风吹过塬上,只有草在起伏摇动,只有野兔从塬上跑过。

狙击手如一只潜伏的豹子,一双亮亮的眼睛全神贯注地望着远方,等待着猎物。他的每一颗子弹,都曾让世界为之一抖。

他曾在一座破窗前,射杀了一位身上挂满勋章的将军。当时,将军骑着马,车队锣鼓喧天,一队列兵当前开路,左右警卫荷枪实弹。

将军满面微笑,招手致意。

"啪"的一声枪响,将军一个倒栽葱,掉在马下。狙击手,却如鬼魅一般,了无踪影。

不久,他又狙杀了敌人的支队司令,一位足智多谋的英雄。那天,支队司令带着一群参谋,挎剑佩枪,视察战场,所到之处,士兵纷纷举手行礼。支队司令颔首走过,拿起望远镜,挥洒自如地向远方望去。他丝毫没有料想到,一支老枪对准了他。

一声清脆的枪响,划破了庄严的天空。

支队司令倒下,眼中是无限的惊骇。至死,他大概也不相信,有人竟敢在万马军中狙杀自己。

在一阵混乱中,狙击手拖着那支老枪,离开了埋伏地点。

到现在,在这场战争中,老枪已经狙杀了九十九个军官,而且,每一个都是独当一面的人,都是将被载入史册的人。

狙击手知道,自己也将被载入史册,让老枪成为一代名枪,让自己成为一代枪王,成为所有狙击手仰望的一座丰碑。

这,当然不是因为狙击手狙杀了九十九位著名人物。

狙击手认为,他们,只是他狙击生涯的一碟碟小菜,是老枪下一只只兔子,是达到顶峰前的一点小小的点缀。

他的大餐,就在今天。

狙击手心中的百兽之王,将在今天从这条路上经过。

他人生的辉煌,也会因今天的一枪达到巅峰,无人可及。

因为,有情报显示,今天,敌国的统帅将从这儿经过,去指挥前方的作战部队。

为了狙击那位敌国百姓心目中的英雄,为了剪除敌国军人的精神支柱,他在这儿已经埋伏了三天三夜。

今天的一枪,将会结束战争。

他想,到时,自己就会扛着这支老枪回国。老枪,成为名枪,进入军事博物馆;自己,将会成为一位英雄,到处演讲,到处观光,到处得到美女的拥抱和亲吻。

眼前是一条荒僻的路,三天来,除了兔子,没一个人经过。

他不急,他是有名的狙击手,意志如铁,毅力如钢。他知道,越是这种时候,越是能考验一个狙击手的耐力和素质,也越是最关键的时刻。

他拿起望远镜,向远处望去。远处,有几只鸟儿飞来飞去,阳光在草尖上跳跃。

一切静如洪荒。

突然,他身子一抖。

在草际浪尖,闪动着两个黑点,狙击手凭第六感觉知道,那是人。

在这儿,没有闲人,来的,一定是敌国统帅。

狙击手伏下身子,细心地检查了一遍枪,然后,装好子弹,将枪悄悄伸了出去。

那两个黑点越来越近,已经能看清脸面了。

狙击手眼睛死盯着前面,脸上失望的神色越来越浓重:来的人,没有挂勋章,甚至,没有肩章。前面是个糟老头子,头发摇曳如草;后面是个半大孩子。

两个人穿的如其说是军装，不如说是叫花子衣服，破烂不堪。

那个半大孩子突然摔了一跤，前面的糟老头子转身，扶起孩子，如一个祖父一般拍掉他身上的土，接下他肩上的枪，扛在自己肩上。老头回过头时，狙击手通过准星清楚地看到，那是一张慈善而皱纹堆垒的脸。

一个才入伍的老实巴交的农民，狙击手失望地猜测。

狙击手收起枪：名枪之下，不死无名之辈。

那两个人走远了。狙击手又一次拿起老枪，卧在草丛中，静静地等待着，等待着敌国统帅经过。但是，天慢慢黑下来，仍不见一个人影。

第二天，狙击手准备继续等待。这时，他接到通知，敌军统帅已到前方，正在指挥战斗，让狙击手赶快狙杀。狙击手接到命令，匆匆带着老枪，还有一系列的疑问，到了前线。

一个老头子，正在那儿指挥敌军进攻。

那人，他认识，就是昨天在他的老枪下走过的那个老农夫。

他迟疑了一下，仍有点不信。"快，就是他，那位大名鼎鼎的统帅！"旁边的战友提醒道。他一惊，举起枪，还没有扣动扳机，对面，传来一声清脆的枪响，他晃了晃，倒了下去。

他被对方的狙击手发现了。

临死前，他抱着老枪，对旁边的狙击手传授了一句以生命换来的狙击箴言："任何高明的狙击手，也永远狙击不了美德。"

篷头和老毕

张白雨

老毕的功夫是在一个黑漆漆的夜晚显现出来的。

那天晚上,篷头扔给老毕一支土铳,说:给你一天工夫,你给我拿个天上飞的或者是地下跑的东西回来。

老毕看也没看那土铳,说:还用得着这东西吗? 老毕说着用手拍了拍别在腰间的一个布袋子。白日里老毕来时,篷头他们都看见了那只瘪瘪的袋子,黑不溜秋的,好像里面没什么物什。

篷头就说:那好,一天之内如果没有什么消息,就别怪我了。

篷头说着冲老毕笑了一笑,松明火把的光照里,篷头的笑显得有些阴阳怪气。

其实,篷头与老毕是同乡。一年前,篷头开始挑杆子的时候就悄悄地找过老毕,那时老毕是大地主麻三爹家的大师傅。篷头跟老毕说这事,老毕的头摇得像个拨浪鼓。

篷头说:你也是贫苦出身,不会是忘本了吧?

老毕说:我怎么就忘了本了,你说说?

篷头说:你真的不走?

老毕就站直身子,抖抖袖口,背对着篷头说:我现在活得好好的呢!

松明火把的光照里,老毕开始不紧不慢地往黑漆漆的外面走,篷头看着他那站直的背影忽然喊:哎,你不是活得好好的吗?

老毕回了一下头,说:是呀,我活得不好吗?

篷头就抖了抖袖子,背起手还了老毕一个背影。

没一盏茶的工夫,老毕回来了,回来时嘴上叼着一只白颈子的老鸹。大伙儿都很好奇,便一下子围了过来。

老毕取下嘴上的老鸹,说:不信还是怎的?大伙当然不信,黑灯瞎火的,怎么就捉到老鸹了?老毕就扬了扬手,手里的老鸹便扑棱棱拍打起翅膀。

王二毛进来报告说:老毕弄了一只老鸹回来了。

篷头说:你说啥?

王二毛说:白颈子老鸹。

篷头顿时一蹦三尺高,他一边往外走一边破口大骂:狗日的,把他拉出去砍了。

众人静下来。

老毕说:你想失信么?

篷头说:我失信?操,谁让你把那灾星东西带了回来?

老毕笑了,说:帮穷人过好日子的老大竟还这么迷信?

众人也有些发笑。

篷头就愣了愣,大手片在脑壳上挠了挠,说:你个狗日的,你明明晓得我最忌讳那东西。

老毕说:那你怎不叫我捉个活靶子回来呢?

篷头哭笑不得,只得挥了挥手说:散了散了。

众人散了不到一个时辰,结果出了一件事,篷头带领的这支土八路被还乡团给包围了。接到报告的那一刹那,篷头首先盯住了老毕。

老毕说:怀疑我?好,别问,那就是我叫他们来的。

篷头脖子上的青筋立即冒得老高,他一把抓过王二毛手里的砍柴斧:妈妈的,老子削了你。

老毕一边伸手在腰间那个布袋里摸了摸,一边说:你别跟我上火,有本事你跟还乡团比试比试。

篷头不听,一斧子劈过来,没砍着老毕,自己却木痴痴地呆在了那里。大伙一看,斧头却已经握在了老毕的手里。

老毕说:看见没有,谁再乱来?

众人有些乱。

老毕说:大家别慌,一切听我指挥……

那场战斗后来被党史办的人采写出来,其中有一小段描写老毕作为一个神枪手不用枪而使敌人全军溃败的细节,写得极妙。

若干年后,江北某小镇一家酒馆的门前经常有一对下棋的老人。

不用问,别斧头站着的是篷头,捏一把炒黄豆坐着的是老毕。

他们是这小镇上一对神经兮兮的老顽童。

抉择

杨 邪

早晨,教官通知我,半小时后他要坐直升机去一个地方,让我先在机场准备一下。"今天,我带你去见一个人!"说完,他就撂下了电话。

二十分钟后,教官到了,他空着手,身上什么也没带。

"教官,我们去哪?"

"行程一个半小时!"

"这么远,哪儿?"

"上了天再告诉你!"

教官有点神秘的样子。他先上去,坐在副驾座。

当直升机完成升空,教官才说,我们要去沿海的某机场。

"那好像是个民用的小机场?"

"它以前是部队的!"

想起来了,我听说教官曾是沿海某部的模范飞行员。

"您以前在那儿待过?"

"待了十年!"

"噢……您说要带我去见一个人?"

"对! 他是我的教官!"

教官突然收紧了下颌,于是我也就闭了嘴。

教官是个严肃的人。我们相处时,他通常都是沉默的,精神高度集中,绷着脸,上下颌始终合拢。而在需要教导或吩咐什么的时候,他说话掉钢镚儿似的,决不多一个子儿。

没过多久,我发现教官的神情有点恍惚。

印象中,教官几乎从来没有走神的时候,他总是那么精神,像时钟的秒针,时刻都在做规律而精确的运动。

可这回,教官真的走神了——神情恍惚的教官,看上去忽然老态了许多。

"您经常来看望您以前的教官吗?"我小声打断了教官的思绪。

"是!"教官闻声立刻改变了一下坐姿,集中了精神,"每年的今天,我都独自驾机来看望他一次!"

接着,教官又沉默了。

我早已习惯了教官的沉默,所以接下来,我们都没再说什么,只是最后,在接近那个机场的上空时,教官说了一句话。

"飞这一趟,我用的时间都在八十五分钟到九十分钟之间,而你只用了七十三分钟!"

教官似乎是感叹自己上了年纪吧,可他清楚的,其实驾驶速度并不能说明什么。

当我们在那个简陋的小机场降落的时候,机场里已经有人在迎接了。教官过去寒暄几句,就告别了他们。

从机场出来,我们没有走那条宽阔的水泥公路,而是往斜刺里走上了一条几近废弃的土路。

"您教官退休了吧? 他家就在这机场附近?"我疑惑。

教官抬头看着远处。

"喏——就在前面!"

教官的脚步迈得很大,而努力的臀部略微显得笨拙。他只顾自己疾步而行,仿佛忘记了我的存在。

我们约莫步行了两公里,来到一带小山丘的脚下。

"到了!"教官说。

我正纳闷,这时前面豁然出现的小山坳让我愣怔住了——山坳周围的山坡上根本没有人烟,只有一座孤坟!

"这就是我教官的家,三十六岁那年,他就住在这儿了!"

教官好像对我幽默了一下,一个非常严肃的幽默!

平缓的山坡只有稀疏的山草和矮树,有一条小径,笔直通向半坡的坟墓——墓周围有很大一圈青石砌成的坟围,非常醒目。

我和教官攀到了坟墓边。

"教官,我看您来了——"教官轻声说。他俯下身,双手抚摩着墓碑。

我看清楚了，墓碑上刻着"李为军之墓"这几个字，还有就是下面的一个括号，刻着"一九三八～一九七三"。

教官开始动手拔草。我也要动手，被他制止了，他说让他一个人来。于是我只好袖手，看着教官一次次俯身，一丝不苟地清理了周边以及墓身的杂草，只保留了墓顶那株龙柏树下的那丛茂盛的青草，然后他像一个理发师，用十指把那丛青草仔细梳理了几遍。

后来，长达数十分钟的时间，教官就肃立在墓前。

关于他的教官的故事，他是在离开墓地回机场的路上告诉我的。

三十年前的今天，他和他的教官驾机上天，在正准备降低高度回机场之际，机尾失火。那时，他还是个半生不熟的新手，教官坐前舱，他坐后舱。面对猝发的事故，他吓得浑身发抖。火势越来越严重，地面指挥部下了紧急跳伞的命令，而他的教官只是命令他立刻跳伞。他的教官说，下面全是居民区，人口稠密，再往前就是机场，自己不能跳，必须要赶快把飞机飞到安全的地带。就这样，他先跳了伞，在空中，他看见教官驾着一团浓烟，反向朝某处俯冲下去——最后，那架老式战斗机在爆炸解体前的一刻，被他的教官带到了一处没有人烟的田野里。

教官告诉我，飞机坠毁后，除了那片无辜的水田，没引起任何其他的损失。事后，大家从水田的泥土深处挖出了那架战斗机机头的残骸。残骸里，他的教官的四肢已经全部与躯体分离……

返程时，我和教官都陷入了长久的沉默。

直升机飞行了八十九分钟，才回到部队机场。整个过程中，我们只在刚升空时有过几句对话。

"教官，这事您可从没和我说起过！"

"这么多年来，我从没和我的任何一名学员说起过——除了你！"

"为什么？"

"现在让我来问你一个问题：在那样的紧急关头，如果你是教官，你会怎么做？"

"我？"

"你可以仔细设想，现在不必回答我……"

下了飞机，已是午后。

"在我的教练生涯中，你是我碰到的最有天赋的一个飞行员——我相信，以后你可以成为一名比我更称职、更出色的飞行教官！"

拍了拍我的肩膀,教官走了。

午后的阳光有些灼热,它在机场地面上的反光很刺目。

"教官!"我追上几步,喊住了他,"刚才一路上,我都在思考您的问题,可是……可是很惭愧,我想……假如,假如当年我是您的教官,我会和您……一起跳伞……"

教官停下脚步,回过身。

"你是个诚实的人!"教官脸上很平静,"这个问题,我思考了三十年,现在我告诉你我的答案:如果当年我是教官,我想,我也许能够做得到像我的教官那样!"

面对教官,我不由自主地立正了一下,而发烫的两颊更烫了。

"但是,如果时间推移三十年,如果同样的紧急关头出现在今天,作为一名教官,我又会怎么做?"教官自问自答,他的脸色忽然变幻,仿佛有些难以捉摸了,"对于这一个问题,现在我还没有想好答案……"

老烟袋

江 岸

　　我到红军干休所采访，拜望了老英雄孙志东。我由衷地表达了敬意，他却摆摆手，低着头抽烟，含混地说，我不是英雄，我是罪人。我早就应该死了。

　　我大吃一惊，不知说什么好，目光落在他叼着的老烟袋上。金属的烟袋锅有小酒盅大小，天长日久地被烟熏火燎，已经辨不出原色，水竹的烟袋杆紫红发亮，看起来像一件文物。

　　过了许久，老英雄抬起头来，瞪着我说，这个事情不说出来，我死不瞑目——

　　我参加红军不久，遇到国民党部队的反扑，我们坚持游击战，和敌人兜圈子。有一天夜里，我们在一个叫作黄泥湾的庄子宿营。我们班七个人在班长刘大麻子的带领下住进一个堡垒户家里。刘大麻子是湖北麻城人，以前是个铁匠，红军经常找他打大刀梭镖，混熟了，他也参加了红军。他这人什么都好，就是脾气太暴，嘴臭，把他惹急了，什么丑骂什么。我们班的战士倒都不怕他，关系处得都很好。他烟瘾大，除了肩上的枪，和他形影不离的就是他腰里别的烟袋锅子。有时行军打仗没有烟叶，他就把枯树叶揉碎了抽，不但他自己抽，还让我们抽。谁不抽他就骂谁，用烟袋锅子磕人家脑袋，说人家白做男人了，跟个娘儿们似的。你看我噙着烟袋杆儿，以为我抽烟吧？其实不是，我抽的就是枯树叶。我这杆烟袋，就是当年他用过的。好了，扯远了。

　　第二天天蒙蒙亮，部队集合，马上要转移。房东大叔一把从队伍里拉住了班长，不让走。原来，半夜里，有人糟蹋了他的闺女。

　　这还了得？红军是老百姓自己的队伍，这样做，和白狗子有什么差别？

连长挥舞着驳壳枪,指着班长的脑袋骂,刘大麻子,限你十分钟,把这个败类揪出来!

班长把我们六个人带到一边。他用烟袋锅子在我们每个人脑袋上磕一下,凶巴巴地骂,你们谁干的? 有种的站出来。

每个人都慌乱而紧张,大家互相观望着,没有人说话。

时间飞快地过去了几分钟。

连长怒吼,刘大麻子,找到了没有?

时间不等人,必须在部队转移之前对老乡有个交代。班长虎着脸,一个一个问:

张发旺,弟兄几个?

就俺一个。

杨绪升,弟兄几个?

俺家五代单传。

孙志东,弟兄几个?

一个。

罗延庆,弟兄几个?

俺哥死了,就剩了俺。

崔友恒,弟兄几个?

俺爹没有儿,俺是俺爹抱养的。

汪秉富,狗日的小蛮子,你就弟兄再多,也不能冤枉你。你他妈才十四岁,还不懂这个。就俺大麻子该死,上面有哥,下面有弟。俺去替你个混蛋顶死了,你他妈的有良心,以后给老子多杀白狗子……

讲到这里,老英雄孙志东哽咽了,眼泪流了出来。他的手颤抖着,想往烟袋锅里填细碎的枯树叶,可是,手抖得厉害,几次都没有填进去。终于,他抱着老烟袋呜呜地哭起来。

静静的河水

青霉素

队伍是在冬末的一个午后走进石板房村的,这是大山深处的一个小山村。

在墙角晒太阳的老头老太太们一下子睁大眼睛,扶着墙站了起来。看着草绿色的军装,鲜艳的红旗,青灰色的布鞋,紧裹的绑腿,背后的背包,肩上的长枪……几十年前的记忆拉直了他们的腰杆,他们的眼睛也变得格外明亮。

村子依山而建。青石块垒砌的墙,黄石板做成的瓦,简单陈旧却牢固的村庄像一段静止的往事,村前一条大沙河流淌着山村平静的岁月。

这支队伍走进村子,让老人们记起当年这里是根据地时的忙碌和热闹。村长也在墙根蹲着,看到来人慌忙站起来迎上去,身后跟着一群人。

队伍里走出一个人对前来的村长说:"我是导演,我们来拍一部战争题材的电影。"导演抬手指着周围:"这里的老旧石板房和村前的大沙河,很适合做电影里的一个场景。"

"欢迎欢迎!"村长热情地握住导演的手。之后,安排人烧水做饭又和村里人一起帮他们做着各种安置。各种长枪短炮似的东西安顿好后,导演又叫来村长。

"电影里有一场戏,我们的部队要过河和敌人作战。"导演说着抬手指着坐在河边休息的队伍,"河上的桥被敌人的飞机炸坏了,村里的妇女们扛着自家的门板跑来,跳进水里肩扛门板架起浮桥。噢,说明一下,她们的男人都支前去了,村里只有女人。"导演说着,掏出一根烟递给村长:"我们要找几个群众演员,当然是妇女,每人给一百元劳务费。"

村长把烟夹在耳朵上:"好的,你跟我来吧。"

村部的大喇叭传出村长的声音:"导演同志说了,要找几个妇女跳到水里架浮桥,让咱队伍过河打敌人。那么,导演还说每人给一百块钱,这可买十多斤肉呢,娃娃们可以过个肥肥的年了!"

村长和导演走出村部时,门外已聚了不少妇女,唧唧喳喳地争着去。一个抱孩子的大嫂,把孩子往村长怀里一放:"村长,你给俺抱一会儿,俺也要去!"

这是后来电影播出时的镜头:

宽阔的河面上,敌机一次次俯冲。炮弹炸起一排排水柱,冰碴子四溅。一处处战火燃烧着,硝烟四处弥漫。穿着棉衣的妇女们扛着门板纷纷跳进河里,河水很快浸透她们的棉衣,炸起的冰凌子砸在她们脸上,血在脸上流淌。她们的手紧紧地抓住肩上的门板,一双双大脚在门板上跑过……

妇女们在河边的帐篷里换下水淋淋的棉衣走出来,导演和村长正等她们。

"太好了,你们的戏演得太逼真了!"导演很激动,"这是劳务费,每人一百元。"大嫂看了一眼导演手里的钱,没接,伸手抱过村长怀里的孩子。

"每人再加二十吧。"导演一愣,又说。

"给我们一杯热茶吧。"大嫂紧紧地抱着孩子,"我们不要钱,要了钱对不住当年跳下河的那些奶奶们。"

导演一愣,眼睛一热,转身大喊:"快,热茶!"

山道上走着一只羊

青霉素

柱子奶好多天没出家门了，原因是这些天一直下连阴雨。

龙王爷打了个盹，就一下子旱了小半年，旱得地冒火人也冒火。龙王爷醒了打个哈欠，雨就下个没完没了，到处湿漉漉的，东西长了毛人也长了毛。今天好歹见着太阳的脸了，柱子奶长出一口气，柱子奶的山羊也长出一口气，咩，咩，对着柱子奶叫。

别叫了，咱娘俩去外边放放风。柱子奶说着就去解开山羊的缰绳，山羊兴奋地又蹦蹄子又晃尾巴。

柱子奶牵着山羊走出村子，来到村外的山道上。山上山下的景色像旧家具刷了一遍新漆，绿的更绿艳的更艳，路边的青草是一根无形的绳，拉的山羊直不起头。看着山羊吃得那么香，柱子奶也觉得满口生津。

呜哇，呜哇。一阵唢呐声从山那边飘过来，柱子奶就看见一顶花轿一颤一颤地沿着山道走过来。

是娶亲的花轿呢。柱子奶的眼瞪得很大，心里一阵激动。好多年没见过娶亲的花轿了，这些年娶亲的都是用各式各样的车子，又见到花轿让柱子奶觉得很新奇。花轿从柱子奶和山羊的身边过去了，柱子奶和山羊的目光也追着过去了，沿着山道一直到山口。山羊的目光被青草拉了回来，柱子奶的目光却一直跟着走出山口走向山外。

闺女，早点睡吧。明天迎亲的人会来得早，要绕过邻镇的鬼子据点得多走十多里路呢。娘在窗外叮嘱。

知道了娘，你去睡吧。她还不想睡，还有事要做。送给新郎的烟荷包她已绣了一对鸳鸯，可她觉着另一面再绣上一朵并蒂莲会更好看。新郎是跟着队伍打鬼子的人，身上带着好看的烟荷包自己脸上也有光彩。

终于绣好了,吹灭灯躺下怎么也睡不着。听媒人说新郎长得很好看,结结实实一表人才,穿着八路军的军装更精神。她就想结结实实一表人才是什么样呢?想得眼皮发涩也没想出来。迷迷糊糊地听娘在窗外喊,闺女,起吧,迎亲的来了!

坐在花轿里听着呜哇呜哇的唢呐声,她心里总是不能安稳下来。进婆家大门时尽管有人扶着,可红盖头遮住前面的路,她还是差点摔了一跤。就要拜天地了,媒人靠近她耳边悄悄地说,队伍上有任务,柱子没请下假,来不了,喜日子又不能改,咱按老规矩你先和公鸡拜堂吧。她觉着一直悬着的心竟落下来了,落下的还有眼泪。

唢呐又响起来,还有鞭炮声。她听到执事的说,都好了就开始吧。一拜天地!她抱着公鸡跪下。二拜高堂!她抱着公鸡又跪下。她又听到一阵鞭炮声,不像,是枪声。身边的人都惊慌起来,她的红盖头也滑到地上。她看到一个带枪的人跑进大门,坐在香台前的婆婆一下子站起来。

这不是张排长吗?婆婆拉住他,问,你不是领着柱子他们打鬼子吗?俺柱子呢?

我们中了鬼子的埋伏,队伍分开突围就跑散了。张排长又说,不知怎么就跑到这里来了,我要走了,把鬼子引开。

听着越来越近的枪声,婆婆拉住排长不放,说,来不及了,快把枪藏起来,换上给柱子备下的新衣服接着拜堂,看能不能躲过鬼子。

执事的又喊起来,夫妻对拜!她就和穿着新郎衣服的张排长对拜。送入洞房!张排长牵着她要走。

慢着!一群鬼子闯进来围住,翻译官伸手挡住她和张排长。看见八路了吗?

婆婆迎上去,没有八路啊,俺儿子今天娶亲呢。

翻译官一把推开婆婆,拿枪指着张排长,你就是八路。

婆婆一把抱住张排长,这是俺儿子,没有八路,行行好吧!说着一下子跪下去。

鬼子里里外外翻了一遍没发现什么,翻译官看了一眼新娘又看了一眼新郎,说,你们是两口子那就抱着亲个嘴,给太君添个乐。

她呆住了。婆婆喊她,柱子媳妇,天地爷都拜过了,没人笑话你。

她眼里蓄满泪,嘴唇只感觉到他的脸木头一样硬,她鼻子里就有了汗味合着硝烟味的气息。鬼子兵呜哇地怪叫着走了。

她的男人柱子没有回来,那场战斗让她的婚姻结束在刚刚开始。以后的日子里,她对于男人的印象就是对结结实实一表人才的想象和汗味合着硝烟味的气息。日子的影子一层层落在烟荷包上,落在一对鸳鸯和一朵并蒂莲之间。结结实实一表人才的男人没有了,汗味合着硝烟味的气息也没在等待中出现。

咩,咩。山羊的头在柱子奶身上蹭着,把柱子奶的目光从山外拉回来。柱子奶蹲下抱着山羊,一张泪脸贴在山羊背上。咩,咩。山羊又叫着,山羊的眼睛里也蒙上了一层雾。

柱子奶从怀里掏出烟荷包挂在山羊脖子上,扶着山羊站起来,说,柱子,吃饱了咱回家吧。脖子上挂着烟荷包的山羊就在山道上跑起来,把柱子奶抛在后面。张排长,你慢点走,等等我呀!山道上传来柱子奶的声音。

枪王之死

凤 凰

　　他百步穿杨,百发百中,人称枪王。他当上了一名狙击手,每次都出色地完成任务,最终,他成了队长。他有九名手下,他的手下也个个英勇无敌,百步穿杨。

　　很长一段时间,他没有任务。没有任务,他反而很苦恼,他要上战场,要建功立业。每天他都找长官要任务。这天,长官交给他一个重要的任务,让他带领他的手下干掉敌人的狙击手小队。

　　他很兴奋。他早就想去干掉敌人的狙击手小队。他知道,敌人的狙击手也个个百步穿杨,无比英勇,并且多次成功地枪杀了他们的一些长官。很多人听到敌人的狙击手都害怕,但是他不怕,他的手下也不怕。敌人的狙击手是他的对手,他终于可以与他们一较高低了。他带着九名手下斗志昂扬地向敌人进军。

　　没想到在半路他们就遇到了敌人的狙击手。一见面,双方就交上了火。砰砰砰,尽管双方都快速隐蔽,但双方还是有几名狙击手倒下。他和剩下的六名狙击手躲在草丛中,一动不动。敌人也躲在草丛中,一动不动。谁都清楚,一动就没命。

　　他明白,敌人的狙击手突然出现在这里,不用说,是冲着他们来的,目的就是消灭他们这支狙击手小队。敌我双方不谋而合,因为双方都把对方的狙击手视为眼中钉肉中刺,欲除之而后快。

　　双方都躲在草丛中一动不动,等待时机。日头越升越高,砰砰砰,枪声突然响起,他和他的狙击手首先开了枪。可是他发现在枪声响过之后,他的六名手下全都倒下了。原来,敌人的头盔在阳光下暴露了自己,而他的手下也因为阳光下的头盔暴露了自己。好在,他没有戴头盔,否则,他一样倒

下了。

　　他想现在只剩下他一个人了，而敌人，至少还有两三人，他更不能轻举妄动。他必须完成任务，必须为手下报仇，将敌人的狙击手全部干掉。他躺在草丛中一动不动，只有眼睛偶尔眨一下，之后便紧紧地盯住前方。

　　过了一会儿，敌人没有见到任何动静，以为他和他的手下一起被干掉了，有一名狙击手动了一下。仅仅只是动了一下，没有暴露身体的任何部位，但是，他已经知道了敌人的位置，他果断地开了枪。就在敌人哼哼的同时，有两颗子弹从他身边擦身而过。好险！他明白，敌人还有两名狙击手。

　　很长一段时间，敌我双方都一动不动，都在等，都在耗。黑夜终于来临，敌人见一直没有听到任何动静，以为他被先前的两枪给毙了，便在草丛中轻轻地挪动，显然，他们在一点一点靠近。虽然伸手不见五指，但是他凭着自己练就的高超听觉，还是感到了正在挪动的那名狙击手的位置。砰的一声，他手中的枪一响，那名狙击手再也没了任何声音。剩下的那名狙击手显然害怕了，没有发出任何一点声音。

　　整整一夜，他没有合眼。他一直等，等最后一名狙击手给他机会。可是一直等到天亮，敌人也没有给他机会。敌人一直在草丛中一动不动。敌人很清楚，一动就没命。敌人显然在等他动。当然，他不会动。他同样清楚，一动就没命。

　　他饿，他身上有干粮，可是他不敢吃。他渴，他身上有水，可是他不敢喝。他忍着，努力忍着。他想敌人肯定也饿，也渴。只要敌人忍不住，手一伸，他就有了机会。可是，敌人没有伸手，虽然他也饿，也渴。

　　双方都在忍，都在等。等对方给自己机会。直到天黑，他也没有动一下，敌人，同样也没有动一下。敌人这么能忍，这么能等，显然不是一般的敌人。他明白了，他对面的敌人也是枪王，那是敌人的枪王，那是敌人狙击手的队长。他想他终于找到了真正的对手。当然，他必须战胜对手。

　　后来的两天两夜，他再饿再渴都没有动一下。他趴在草丛里，就像死去了一样。只有两只眼睛，不时地眨一眨。而敌人，也没有动一下。敌人也在等机会。

　　后来，他终于支撑不住了，眼一花，晕了过去。最后，他停止了呼吸。至死的那一刻，他也没有吃干粮，也没有喝水。但是，他的脸上带着微笑，他想在他死后，敌人还会等下去，直到同他一样死去。在百米开外，敌人同样停止了呼吸,并且比他早了两个小时。

　　等机会,让他等来死亡。这场狙击战,他失败了。

最美的康乃馨

陈华清

安娜住在山上那座独立门户的院子里。

我当邮差送的第一封信就是给安娜,那一年我才十八岁。我们镇的青壮年男子都去打仗了,剩下的都是妇孺病残。如果我不是病弱,也已在前线,没有机会认识安娜。

她叫我孩子,说我跟她小儿子安东像极了。他二十岁了,十八岁当的兵。

"孩子,这些康乃馨都是安东临走前种的呢!"安娜亲切地拉我看康乃馨。真的,院子里种满康乃馨,粉红粉红的真好看,盛开的花朵像安娜慈爱的笑脸。

"吃吧,孩子!"安娜拿出糖果、饼干、水果之类的东西叫我吃。

安娜拿着我送来的信左看右嗅,在信的一角亲吻着,然后递给我,说她识字不多,叫我帮她读。她搬了两张凳子到院子中间,那里是光线最好的地方。春天的阳光照着我手里的信,也照着安娜。她漂亮极了!我长这么大第一次见到像她这样漂亮的女人,她慈祥的面容就像圣母玛利亚。

那是她儿子写的信。信中说,妈妈,又一个春天来了,康乃馨开花了吧?记住啊,妈妈,每朵花都是儿子送给您的祝福。部队要开往前线了,可能要很久才能写信。妈妈您多保重,不要牵挂。

信里还夹着一张相片,那是安东上前线时特意去照的。相片里的年轻人穿着军装,清瘦,英俊。

"安东!"安娜拿着相片,不断地亲吻,轻轻唤着他的小名,又把相片紧紧地贴在胸口。

安娜告诉我,三十多年前她的丈夫在她的国家留学,然后把她娶回了中国。

丈夫和大儿子都在战争中牺牲了。两年前,她把最后一个孩子安东又送上战场。

夏天蝉叫了,安娜的儿子又来信了。那时我刚下班,信应该第二天送去,但想着安娜翘首盼望的样子,我顾不得疲倦,当天就送去了。

"孩子,可把你盼来了!"安娜正站在门口,看见我像孩子似的飞奔过来,张开双臂把我紧紧拥抱。

快吃水果,刚摘下来的。快快读信,看安东信里说什么。安娜欢喜得语无伦次。

安东说他们打了胜仗,已从前方撤回,休整几天又要开往另一个战场。

转眼到了深秋,我在镇上给人送信。忽然听见有人叫"孩子!孩子",原来是安娜。她是来邮政局看看有没有儿子的信。安东已几个月没音信了。

我说,没有啊,如果有我第一时间给您送去。

"好的,孩子。"安娜说。她两眼深陷,神情忧郁,蹒跚的身影消失在深秋的落叶中,像一幅色调悲凉的油画。

安娜的儿子牺牲了,他是战斗英雄。他深入敌区,被敌人发现,他引爆炸弹跟敌人同归于尽。报纸上登着安东的英雄事迹,还有他的相片,就是寄给安娜的那张。

我又给安娜送信了。是她儿子的信。

这以后安娜儿子写信比以往勤快了。有时还寄钱来,寄一些好吃的东西来。信的内容比以前丰富多了,除了告诉安娜他的近况,还说些趣闻逸事、风土人情。还说他的津贴增加了,有钱寄给妈妈了,妈妈想吃什么就告诉他。

我现在一个月至少有两次可以到安娜家。

"孩子,你来了,真高兴!"她把我当自己儿子般拥抱着。

"孩子,吃吧,安东老是寄吃的来,我老了,吃不了这么多!"安娜没什么亲人,安东寄的东西她总是叫我吃。

"你教我识字吧!"安娜想自己读信了。我也乐于教她,这样我可以有更多的时间跟她待在一起。

她会认很多字了,会自己读信了,但从来不亲自回信给安东,依旧是她口述,我动笔写。"东东,妈妈很好,你种的康乃馨开得很漂亮呢。打完仗就回来看它们吧!"她看着院子里的康乃馨发呆,眼泪直打转。我停下笔怔怔

地望着她。"刚才说到哪儿了?"她赶紧撩起衣角拭眼泪。

她越来越苍老了。

安娜死了。她留给我一封信,字迹歪歪扭扭:

"我知道我的安东早已不在人间了。从那个冬天开始,信封上就没有画康乃馨。他知道我识字不多,怕我读不了信,临走前他跟我约定,就在信封上画一朵康乃馨,意思是妈妈,我爱你,见花如见人。孩子,我知道是你借安东的名义给我写信,你不想我悲伤。我接受你的善意,我也想你开心。谢谢你陪我度过这么多美好的时光,我在天堂也会保佑你的。孩子,我也爱你!"

我怎么没想到康乃馨这个细节? 我一直以为自己做得天衣无缝。

我在安娜的墓碑上画上康乃馨,把一束束粉红的康乃馨放在墓前。

阳刚之恋

孙 凯

　　女孩今年二十五岁,仍没有找个合适的恋人,不是女孩爱挑剔,而是当今社会里女孩喜欢的那种类型的男孩太少了。不知道为什么,女孩总感觉身边的男孩好像缺钙似的,都少了些阳刚之气。

　　说实话,女孩就喜欢电视剧《军人机密》里的陆军司令贺子达,性格刚强,说话办事雷厉风行,不拖泥带水。和这样的男人生活在一起,那真叫过瘾。女孩身边从来没有出现过这样的男孩,于是女孩想到了在部队当师长的姑夫,如果姑夫能给自己牵线找个军营男子汉该多好啊!

　　有了这个想法后,女孩就给随军的姑姑打电话。姑姑接到电话后告诉女孩说:你姑夫手下真有一位连长托我给他介绍对象。女孩得知这个消息后,就决定请假到部队去会会这位连长。姑姑劝女孩说:给军人当家属你要有思想准备,军人的职责是意味着奉献和牺牲。女孩说:只要遇到我的真爱,我会无怨无悔的。姑姑说:那你就抽时间来吧。

　　五·一节下午,女孩出现在部队营门口时,正碰到中尉军官在训一名士兵,中尉的嗓门大得像105炮声,挨训的士兵头低得像豆芽菜一样。女孩实在看不下去了,就冲着光头中尉说:你这人怎么这么不讲道理,人家都低头认错了你也不放过他,真是军阀作风。光头中尉见有女孩打抱不平,就摆摆手说:去去,这里哪是你说话的地方。

　　女孩生气了,她大声地对中尉说:你是哪个连队的? 我要到你们师长那里告你。中尉笑了,说:你告我? 我还没有查你证件呢,这是军事要地,非请莫入。中尉说完,又命令警卫把姑娘往营门外赶。

　　女孩从包里掏出手机,她对中尉说:我让你们的师长来接我。中尉被女孩的言语给逗乐了,他问女孩:小姑娘,你可知道师长是多大的官? 女孩说:

121

只比你肩上多一条杠和两个豆而已。女孩拨通了姑夫的电话。女孩说：你是李师长吗？我在你们营房大门口，你快来接我。说完，女孩很潇洒地把手机装进了包里。

中尉一下子笑了，他对女孩说：装得还挺像，你在这里等李师长来接你吧。之后他故意对两名警卫说：你们要提高警惕，决不能让坏人进军营。

中尉刚一转身想走，见师长真从司令部大楼走出来，他急忙立正敬礼。女孩一看姑夫出来，就快速地跑到他面前说：姑夫，你们这位中尉真凶啊。

中尉说：师长，这是你家亲戚？师长说：她是我侄女。接着师长又对侄女说：这是我们师有名的侦察连长。女孩吐吐舌头说：怪不得这么凶。

师长让侦察连长把女孩送到他家去。路上连长问女孩：小妹妹，你上班没有？女孩说：你应该叫我姐姐，我都工作好几年了。他说：我快奔三十的人了，应该当你哥哥才对。

到了师长家，女孩的姑姑愣住了，她问女孩：你们认识？女孩说：不打不成交，刚认识的。侦察连长说：嫂子，我可把人送到了，连队还有事我先回去了。

连长走后，姑姑对女孩说：就是他托我给他介绍对象。女孩突然大笑起来，她对姑姑说：你说的就是他？我不同意。他脾气暴躁、态度蛮横，对待手下的兵就像军阀一样。姑姑说：你不是想找一个有阳刚之气的男子汉吗？咱们的光头连长很符合的，他可是全军出了名的"虎"连长，就连你姑夫都说他像电视剧《军人机密》里的贺子达。

女孩听了姑姑的话一愣，自己不是就想找一个贺子达式的男孩吗？想想他刚才的言行和举动，女孩心中波澜起伏。

姑夫是在吃晚饭的时候回来的。他从橱柜里拿出一瓶茅台给侄女喝，他知道侄女的秉性和脾气。女孩一看姑夫拿茅台酒出来，就说：姑夫，喝酒可以，你必须陪我喝。姑姑说：你姑夫脂肪肝不能喝酒。女孩说：姑夫不能喝我也不喝了，一个人喝酒多没劲。姑夫说：我找个人陪你喝酒行不？女孩问：找谁陪，表弟又不在家？姑夫说：找我们的"虎"连长。女孩说：我不认识他，喝什么酒？姑夫说：你认识，就是那个侦察连长。

女孩的脸一下红了。姑姑说：老李，你知道谁托我给介绍对象吗？就是这位连长。姑夫笑着说：这不是正好吗？他们可以相互了解了解。说过，他抓起电话就说：侦察连长，马上跑步来我家。

五分钟后，师长门口响起了洪亮的报告声。师长说：进来，你今天的任务是陪我侄女喝酒。光头连长说:师长,军人不可以酗酒的,我从来不欺负女孩子。女孩说:你是看不起我,我们一人一瓶。

什么?光头连长问,你和我一人一瓶?

结果可想而知了,光头连长当时就醉倒在桌下,女孩也差点被送到医院。女孩的姑姑看后摇摇头说:不是冤家不聚头——

后来,女孩真和光头连长恋爱了,听说他们国庆节就要结婚了。

山那边

孙　凯

　　新兵们来部队已有一个多月了,他们一直都想到山那边看看,可班长就是不同意。每当听到班长说出谁训练成绩好就批准谁去山那边看看的许诺时,新兵们心里就痒痒的,同时更是干劲足足的。山那边到底有什么好风景呢? 到山那边看看的愿望成了新兵们刻苦训练的动力。

　　这是个星期六,新兵石柱在班集合完解散前大声地喊了声"报告",说:"班长,我的训练成绩不错吧,你能不能批准我去山那边看看?"班长看了看石柱说:"你训练时很刻苦,成绩是比其他新战友强些,但和成绩好的比不算最好……"

　　班长不用说下去,新兵们也知道班长要说啥了:"我们连是全师先进连队,什么'投弹王'、'飞毛腿'、'神枪手'都出自我们连队,你们哪一个要打破他们创下的纪录,我保证批准你们去山那边看看……"石柱每次听到这里,他心里就不服气。他心想:我不缺胳膊不少腿的,别人能行我一定也能行!

　　转眼又是一个月过去了,新兵们仍然没有一个达到目标的。石柱越发不服气了,他说:"我就不相信我达不到这个目标。"

　　为此他拼命训练,在训练场上成了一头凶猛的狮子。和石柱一起入伍的几个同乡都劝他,说石柱你别傻了,去不了就算啦,何必玩命呢? 石柱说:"没有爬不过的山!"

　　班长看在眼里喜在心里,他暗暗地说:"这小子有种!"三个月后,石柱终于成了神枪手。于是班长决定带石柱去山那边看看。石柱很激动。

　　星期天上午,班长向连长去请假,连长同意了,并嘱咐石柱说:"看到山那边的美景后回来向新战友宣传宣传。"石柱立正回答说:"是!"

于是,石柱跟着班长出发了。他们爬了两个多小时的山,边爬石柱边问:"班长,山那边到底是什么样子?"班长气喘吁吁地说:"到时你就知道了。"

爬过最高的那座山峰,就到了山那边了。他们来到一个小镇上,镇上没有什么特别的地方。班长带石柱走进一家小吃店,班长要了两笼小笼包和两碗馄饨,叫石柱吃。石柱一心想看山这边的美景,什么也不想吃。班长就说:"石柱,咱们吃过饭再看。"

吃过饭,班长又带石柱在镇上转了一圈。石柱忍不住问班长:"山这边就这样子?"班长说:"是啊——"石柱心里有股上当受骗的感觉,他很失望也很生气。班长喊他他也不应,找他说话他更是不理,他木偶似的跟在班长后面走着。班长很着急,想解释点什么,见石柱脸绷着也就作罢了。他们就这样一前一后无声地向连队赶去。

翻过一座山,眼看就要回到部队了,班长回头见石柱气鼓鼓的样子,就有意放慢脚步。可谁知全连的新兵们都等在营房门口,见他们回来后就一哄而上把石柱团团包围起来,像欢迎凯旋的将军一样。这个问:山那边怎么样?那个说:山那边美不美?石柱的心登时一颤,看着新战友们羡慕的神情,绷紧的脸上猛地露出了自豪的阳光般的笑容。

石柱高兴地说:"山那边的风景真的很美很美,美得无法用语言表达。"接着,新战友就问:"石柱,你的训练成绩这么好有什么绝招,能不能告诉我们?"石柱腼腆地说:"我,我没有什么绝招。"

庄小吉

孙 凯

　　按理说新兵来部队六个月各方面也该习惯了,可庄小吉例外,经常在睡梦中哭着醒来,指导员知道后就做他的思想工作。

　　指导员问,想家了?庄小吉说,不想家,可我想姐姐了。指导员奇怪了,不想家想姐姐,难道庄小吉有心理毛病?

　　庄小吉说,我经常梦见坏人欺负我姐姐的场面。指导员说,梦中的事情都是假的。庄小吉说,指导员,你让我回趟家吧,我回去看看我姐就好了。指导员说,你当兵才半年,按规定没有探亲假。庄小吉听后就"呜呜"地大哭起来。

　　庄小吉哭了半个小时。指导员没办法,就妥协说,要不你写信让你姐来看你。庄小吉听罢破涕为笑。他回到班里后就写信给姐姐,可怎么写呢?庄小吉知道姐姐不喜欢他这种没出息的样子,就撒谎说:姐姐,你不是说喜欢有阳刚之气的男子汉吗?经过连长和指导员的培养,我现在身体强壮多了,不巧,前天训练时脚扭伤了,你能来部队看我吗?

　　庄小吉把信看了一遍又一遍,他知道姐姐读了他的信一定会到部队来看自己。说实话,庄小吉就喜欢姐姐,姐姐不光漂亮善良,而且也特别疼爱他。他不喜欢父母,父母对他既严厉又苛刻,就因为没考上大学,他们就狠心把他送到部队来当兵。到部队半年时间,他一共给家里写了六封信,其中有五封信是写给姐姐的。姐姐在他眼里像一朵鲜花一样让他心情愉悦。

　　信寄出半个月后,姐姐回信了。姐姐信中说:再过两个礼拜学校里就放假了,放假后我去看你,爸妈让你当兵的目的就是希望把你培养成真正的男子汉,你告诉你们的连长和指导员,姐姐谢谢他。

　　庄小吉突然明白了,姐姐是教师,只有放假后才有时间来看自己。他跑去告诉指导员，说他姐姐还有两个礼拜就来部队，之后他又把信交给指导员看。

庄小吉高兴起来话就收不住了。他说，指导员，我姐姐很喜欢有阳刚之气的男子汉，你能把我培养成有阳刚之气的男子汉吗？指导员说，这还不容易，你把爱哭鼻子的毛病改掉就像男子汉了。小吉说，真的吗？指导员说：绝对是真的。

小吉出了指导员房间，来到营房后的训练场上。今天是星期天，小吉想：再过两个礼拜姐姐就来部队了，自己一定要以崭新的面貌出现在姐姐面前，让姐姐喜欢自己。小吉想到临当兵走的时候，他偷偷地对姐姐说，姐姐，我喜欢你，等我当兵回来就娶你。姐姐听后笑坏了，她对小吉说，我是你姐姐。小吉说，我知道，你是你爸的女儿，我是我妈的儿子，没有血缘关系。小吉的妈妈和他姐姐的爸爸是在小吉十岁那年结合的，那时姐姐十四岁，小吉文文弱弱，又胆小，但嘴巴很甜，姐姐很喜欢他这个新弟弟。小吉也一样，整天像跟屁虫一样跟在姐姐的身后。

这几天，小吉在训练场上特别卖力，他想给姐姐一个好印象。小吉想好了，自己要像连长一样，成为真正的男子汉。想到这的时候，小吉劲头足足的，足足的劲头使他在下午的投弹课上，发挥得超乎寻常。六十七米一八，全连投弹纪录被新兵庄小吉刷新了，为此，连里嘉奖他一次。五公里越野是他的弱项，通过几天的刻苦训练，他突破了二十四分钟大关。指导员说，小吉，如果你每天训练都像这几天就好了，以后考军校就不成问题的。小吉笑笑，心想：只要姐姐能喜欢就行了。

姐姐来时给他带来许多好吃的东西，小吉才不需要这些呢，他只是希望能看到姐姐。他对姐姐说，姐姐你越来越漂亮了。姐姐说，小吉，你也长高了强壮了。小吉说，姐姐，我喜欢你。姐姐说，傻瓜，哪有自己的弟弟不喜欢姐姐的。小吉说，我退伍后就娶你。姐姐说，我希望你能考上军校。小吉说，行，你等我。

姐姐走后，小吉像变了个人似的。短短的几个月以后，小吉的训练成绩跃居全连第一。他业余时间认真看书学习，各方面表现都很优秀，年底就入了党、立了功。

立功以后，指导员问小吉，下一步有何打算？小吉认真地说，继续努力，当班长，考军校……小吉后面"然后再娶姐姐"的话没说出，指导员就高兴地拍着他的肩膀说：小吉，有志气，好样的。

理发师

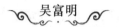

吴富明

　　早前，在小城人眼里，崔四还算个正直汉子。凭一手理发的好手艺，在沿街而立的理发店中，他的生意最是兴隆。可是后来不知怎的，他却常跑到官家或当地土豪、乡绅家中理发，而且有时也不图个钱财，义务劳作一番，还自鸣得意。

　　小城人看在眼里，骂在心里：二狗子。人们远离了他的理发店。崔四的生意便渐渐清淡下去了。

　　不就理个发吗？还叫什么二狗子！崔四对着老婆喜妹无奈地说，这年月谁还不图个活路么？

　　就是呀，你一个剃头匠，不偷不抢，给谁理发还不都是理发？喜妹安慰他说，只要你心里不亏欠谁就行，管他人说啥呢。

　　有了喜妹的那番话，崔四心里便踏实些。他想，当年要不是老娘执意要自己学理发手艺，或许自己现在是个老猎手了呢。

　　崔四十八岁时，师从拐脚理发师黑脸黄。黑脸黄是乡间理发师，因有好手艺，常年游走乡里，有时也偶尔进城，但从不理发。崔四老娘一眼就认准拿剪子的活儿是谋生的最好手段，遂拉着崔四学艺。

　　崔四悟性高，一拿捏剪子就能游走发间，且还能将师傅平时教的敲背掏耳清鼻手法灵活运用，深得黑脸黄喜爱。

　　有天，黑脸黄随意地问崔四，理发这活儿体面么？

　　体面着呢。崔四怔了下，然后又轻声说，让他人舒服呢。

　　哦。黑脸黄笑着说，要是让你替有钱人多舒坦些，你愿意吗？

　　这……崔四想了想说，师傅，不就理个发么，谁舒坦不都一样？反正都是掏钱理发，难道做不好，还会挨枪子不成？

黑脸黄一听,脸色便暗淡下来,他说,四儿呀,你要记住,昧良心钱给得再多也不能接呀。当然,没接钱也不等于不昧良心。

记住了,师傅。崔四说完便想,师傅唱的是哪出戏,咋弄不明白呢?

崔四没有再去问师傅缘由,从此就一直跟着黑脸黄学艺。

三年后的一天晚上,黑脸黄把崔四叫到卧室,丢了一个包给他说,这些银元拿去,到县城开家理发店,谋生活吧。然后,又对着桌上的一张纸说,你今后就按着我写的东西去做,千万要小心,事成后,速北上,到时有人会接你。为师个人之事,你多探访便是,不求结果。说完这话,黑脸黄长叹一声,出了门,隐于夜。

黑脸黄走后的几天里,崔四心情难以平静。但很快他就在小城沿街处开了家理发店。由于崔四的修面、刮须、捏背、活络筋骨等手艺样样让人舒坦,常是这家唤来,那家唤去。什么县党部、乡公所、民团总队及当地土豪、劣绅家他常跑上了。这样,多次以后,崔四在小城人的眼里就变成了另类,有了"二狗子"的骂名。

崔四依旧理他的发,对于背后发生的骂名之事,他总会淡然一笑。

且说有天晚上,那个常常让崔四上门义务活络筋骨的民团总队的伍巴又派人来叫理发了。崔四便提着理发箱去了伍巴家。

伍巴说,崔老弟,你的手艺有点像北平的理发大师黄一剪。那可是个有绝活的主儿。当年我的肩周炎就是他松好的。只不过,那人心术不正,把我带去理发的田本大佐给弄死了。他在松其筋骨时,竟然咔咔几下,弄断了人家的脖筋。当时我吓呆了,连忙掏枪将黄一剪击毙了。可小鬼子不解恨,要连上我,你想,我不跑都不行了。说完这段话,伍巴又笑笑说,逃来这小城还不错,管他日本人还是黄家人,他娘的,休想再见到我啦。

崔四听着,脸上一阵惨白,但很快又恢复了平静。他说,伍爷,你了不得,要不,我也来给你松松骨,舒舒筋?

那当然好,不过你得小心哦,要小心!伍巴重复说完,把眼一闭,等着崔四捏拿。

好的。崔四装着献殷勤地说,伍爷,你须得先刮呢。说完,他将剃刀在牛皮布上批批几下,将热毛巾从脸盆中拿起拧半干,轻敷在伍巴嘴上。伍巴说,真舒坦呀。见此,崔四心里冷笑了下。然后,只见刀光一闪,刺的一声,血从喉里喷涌而出,伍巴仰面而亡。

崔四泪流而下,他在心里喊道,师傅,这就是你找寻多年的杀父仇人,这

仇我替你报了。

借着夜色，崔四提了下衣领，镇静地离开了伍巴家。好在伍巴有个习惯，他理完发休息时任何人是不能打扰他的。只是快到弄堂时，崔四发现身后一个黑影闪了一下，就没了踪影。

崔四心里咯噔一下，赶紧按照师傅留下的纸条内容，找到了小城外的地下交通员，并把长期来观察到的各个民团、公所人员分布及火力设施布置情况的简易绘图交与他。之后，一场轰轰烈烈的农民武装暴动就在小城的某个镇率先爆发，并席卷了全城。

是夜，崔四就想着北上一路前行。临走时，他总觉得放心不下喜妹，于是偷偷回了一趟家。可是喜妹不在家。由于时间紧急，他不得不赶路，于是他写了一张字条"北找黄"，藏在灶膛假鞋的地方，一个交代事儿的共知地。

好多天以后，当崔四从汉口轮渡下船至岸上时，他看到了一个熟悉的身影，他惊叫了一声：喜妹！便迎了上去。

走吧，崔四同志。喜妹笑着说，黄明同志，也就是黑脸黄，你师傅在等你呢。他是东北的抗联，现在回关内做地下工作。

那黑影想必是你吧。崔四说，那夜可吓着我了。

你呀，喜妹笑了起来，我要是不吓你，你准觉得事办好了，不急，你那夜难道不会赶回家？那可要耽搁大事了。

崔四脸一红说，我一个剃头匠，没见过大世面嘛，谁像你藏得这么深，做了我的媳妇，到现在才让我知晓你。

还有你更不知晓的事情呢，告诉你吧，你娘也是老交通，不然，你何以认师黑脸黄？喜妹呵呵一笑说，组织决定，你将来还是做理发师，也算是再考验吧。

那可不，待北上后，我这"二狗子"怕是要被唤成"汉奸"了。崔四苦笑地说，我认了。

鹿战

戴　希

　　春秋战国时期,齐桓公姜小白欲独霸天下。他把南方邻国楚国视为齐国最大的敌人,整天琢磨着如何战胜楚国。无奈楚国的军事力量很强大,想用武力征服,齐国并无胜算。齐桓公急得七窍生烟,不得不召见宰相管仲。

　　齐桓公开门见山:"楚国是齐国称霸的最大障碍。可楚国战将如云,军力强悍。如若贸然开战,举兵伐楚,还不知鹿死谁手! 仲父您睿智过人,可有出奇制胜的良策?"

　　"孙子曰,不战而屈人之兵,善之善者也。"管仲有备而来,胸有成竹,"大王,您就高价收购楚国特产的鹿吧!"

　　"高价收购楚国特产的鹿?"齐桓公大吃一惊,"怎样的高价?"

　　"比方说八万钱一头吧!"

　　"此招管用?"

　　"大王放心,管用!"

　　管仲是名相,谋略过人。尽管心里纳闷,齐桓公还是信他。

　　齐国要高价收购楚国的活鹿,这可乐坏了楚庄王熊旅。他迫不及待地招来宰相孙叔敖,眉飞色舞地对孙叔敖说:"钱这东西人人喜欢,也是国家生存和发展必需的。而活鹿,楚国多如牛毛。退一万步而言,即使压根儿没有也无所谓,此物不过是禽兽耳。现在,齐国要高价收购楚国的活鹿,这是我们的福音,福音啊! 齐桓公这个大傻帽心甘情愿地让我们占尽便宜,此乃天赐良机,机不可失! 你赶紧发布命令,动员全国各地火速猎捕活鹿吧! 我们一定要尽快把齐国人的钱都赚进楚国人的口袋,赚得满满当当的! 你看呢?"孙叔敖听得连连点头,随声附和。

　　很快,楚国大地风起云涌,掀起捕捉活鹿的高潮。

目睹一批接一批的楚国人送来一群又一群的活鹿，管仲窃喜。

"大王，您再赏赐赏赐捕鹿有功的楚国人吧！的把握"管仲又向齐桓公进言。

"赏赐？我们已经是天价收购啦！"齐桓公大愣。

"对，赏赐！"管仲掷地有声，"舍不得孩子套不住狼！"

齐桓公就想：仲父啊仲父，你在拿齐国赌博吧！你的酒葫芦里到底装了什么药？

虽然心中不解，齐桓公还是表现得很慷慨："好，赏赐！请问仲父，怎么个赏法？"

"凡一次向齐国出售二十只活鹿者，赏黄金十斤；一次出售二百只者，赏黄金一百斤……依此类推"。

齐桓公定了定神："好！"

于是，接踵而至的楚国人押着一群又一群的活鹿风风火火急赴齐国，接踵而至的楚国人又腰缠万贯，领了黄灿灿的赏金招摇过市返回楚国。

楚国沸腾了！无论男女老少，无论官员百姓，皆激情燃烧，倾巢出动。皇亲国戚、公子王孙也跃跃欲试，一窝蜂地进山捕鹿。漫山遍野都是鹿们在惊恐地奔逃，漫山遍野都是铆足了劲捕鹿的人群……

不多久，山林里的鹿就快捕光了，可齐国仍在敞开大门收购。怎么办？楚庄王急召孙叔敖上殿。

"机不可失，时不我待。大王，咱们赶紧发布命令，全面毁田，种草养鹿吧！"孙叔敖斗胆直言。

楚庄王立马点头："好主意！只要有鹿源源不断地卖给齐国，即使不向老百姓征税，咱们楚国的财政收入也很可观了！"

政令一出，楚国全境又人声鼎沸，掀起毁田种草、弃农养鹿的热浪。不久，楚国几乎所有的良田都摇身一变，成了像模像样的养鹿场。

管仲欣喜："大王，咱们不要再买楚国的鹿了！"

"那咱们下一步做什么？"齐桓公追问。

"伐楚！"管仲斩钉截铁。

"伐楚？"齐桓公皱眉。

"对，伐楚！""说说你的理由。"

"这么长的时间啊，楚国上下都在捕鹿养鹿，他们既毁良田，又误农时，现在已是人心飘浮，粮库空虚！"

"可他们卖鹿赚大了,国库里有的是钱!"

"如果,咱们让他们买不到粮呢? 兵马未动,粮草先行……"

"唔,好主意! 再说说你的具体战术。"

"这第一嘛,齐国是楚国最大的邻国。齐国粮食储备充足,但决不卖粮给楚国,楚国出再高的买价也不卖;第二呢,齐国要及早封锁与楚国接壤的边境,不让楚国向他国购粮,坚决截住楚国的购粮车队;第三,……"管仲的陈述有板有眼,齐桓公听得频频颔首。

风云突变,灾祸临头,楚国一下乱了方寸。

卖鹿? 再便宜齐国也不买。买粮? 再昂贵齐国也不卖。更可恨的是,楚庄王派人四处购粮,一出境就被齐军拦截……

粮荒导致楚国人心不稳,社会动荡。未出三年,就有五分之二的楚国难民逃往齐国。楚国元气大伤,战力锐减,不得不委曲求全,向齐国俯首称臣。

母子碑

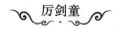

厉剑童

1942 年秋,天冷得格外早。坡里的庄稼刚刚收进粮囤,玉米秸秆不少还站在地里,干枯的叶子在秋风中哗啦啦响,平添了不少寒意。

这天中午,在莲花山脚下一个不大的村子里,小宝和小华正在院子里玩耍。两人玩的是八路军捉汉奸的游戏。小宝头上戴着一顶小八路帽,身上穿着打着补丁的八路褂,扎着皮腰带,虽说赤着一双脚,可乍一看,威风凛凛,活脱脱一个小八路。那帽子褂子显然是用大人的衣服改的,小宝穿在身上显得略微有些瘦。此时,小宝手里举着一把木头手枪,威风凛凛地指着小华,说道:狗汉奸,谁叫你祸害老百姓? 不许动,动就打死你! 个头矮小的小华,穿着黑色的打着补丁的破褂子,双手举着,一边笑着,一边嘴里说着:我该死,我有罪……

不许贫嘴,赶快交代罪行!

我说我说……

两个孩子都被各自精彩的表演逗乐了,忍不住咯咯笑起来。院子里那只掉了毛的老母鸡不知眼前发生了什么事,伸着光秃秃的细脖子,愣愣地看看小宝又看看小华,突然一低头,咯嗒咯嗒叫起来。

两个孩子笑得更欢了。

小宝,明天是我的生日,你来我家玩好吗?

好,我一定来,我不光来还要送你一份礼物。

什么礼物?

不说,保密。

那好,咱俩拉钩。

拉钩就拉钩。

拉钩上吊一百年不许变!

啪啪啪——突然,村子西头传来一阵枪声,接着是密集的机枪声、手榴弹的爆炸声。顷刻间,跑步声、枪声、爆炸声、驴子的惊叫声响成一团。小宝愣了,呆呆地站在那里,接着咧着大嘴呜呜哭起来。是打仗了! 别哭,会引来鬼子,走,咱们快去找我妈妈! 小华拉着小宝就跑。

正巧与迎面猫着腰跑过来的一个女八路撞了个满怀。女八路手里拿着一把小手枪,左胳膊上的血不断往外涌,袖子都被染红了。

八格牙鲁! 八格牙鲁! 不远处传来鬼子一声接一声的喊叫声。

小宝,快,过来! 女八路压低声音,急促地喊着,一把拉过小宝,快,把衣服换过来! 女八路说着,迅速把小宝的军服脱下,给小华换上。她正要往外跑,突然想起什么,一把摘下小宝的帽子,往小华头上一扣,哗啦啦,三下五除二,扒开猪圈旁的那堆玉米秸,一把把小宝塞进去,边塞边说:记住,千万不要动,不要出声!

藏好小宝,女八路整了整小华戴歪的帽子。这时,几把明晃晃的刺刀已经伸到了女八路和小华的跟前。

女八路挥枪就打,糟糕,没子弹了! 女八路徒手和鬼子搏斗,寡不敌众,女八路被饿狼一样扑上来的几个鬼子抓住了。

八格牙鲁! 一个手握指挥刀的鬼子军官满脸狰狞,用半生不熟的中国话说:你的,总算捉到你了! 死了死了的! 翻译官点头哈腰,说,太君,她的,就是我们要找的人。

鬼子军官围着女八路和小华转来转去,一双贼眼滴溜溜转。他突然将指挥刀架在女八路的脖子上:不对的,刚才好像有小孩子哭,是不是还有小孩的……你的说!

女八路悄悄用力掐了小华胳膊一下,小华被掐疼了,哇哇大哭起来。

要西要西的,是这个小孩子的哭。翻译官点头哈腰附和说是的是的,是这个小八路的哭。

带走! 鬼子军官指挥刀一挥,女八路和小华被带走了。一个鬼子兵随手抓住那只老母鸡带走了。老母鸡拼命挣扎着,叫着,叫声消失在村子那头。

鬼子走后,躲藏起来的百姓们回到村里。在村头那棵老槐树下,他们发现女八路和小华静静地躺在那里,已经被鬼子杀害了。

小宝拉着娘的手,哭着诉说了发生的一切。小宝的娘放声恸哭:八路大

姐,你不该拿自己的孩子命去换俺的孩子,俺孩子的命不值啊……哭声感天动地,连老柿树上的乌鸦也闭紧了嘴巴,默默地注视着这一切。

三年后,抗战胜利了,村民们自发地在这里立起一座碑,那个手艺最好的老石匠用了两天两夜,用錾子一下一下刻下了"母子碑"三个字。

六十年后的一天,在莲花县的一本县志上,我看到了这样一段文字:1942年秋,由于叛徒告密,鬼子包围了驻扎在我县某村的八路军某连连部。危难关头,指导员张英把自己的孩子和乡亲的孩子互换了衣服。母子俩不幸被俘,壮烈牺牲。时年,张指导员二十五岁,孩子差一天就是七岁生日。

那个被救下的小男孩,就是我的大爷,那年他八岁。新中国成立后,我奶奶在母子碑旁盖了两间草房,看守着这座英雄的墓地。奶奶去世后,我大爷先后两次放弃进城当工人和进机关的机会,在村里当了一名义务护林员,日夜看护着母子碑,直到一年前去世。按照大爷生前的嘱托,经组织批准,大爷被葬在了母子碑的一旁,实现了他死后要和他的兄弟和母亲埋在一起的凤愿。

两个担架工

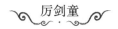

厉剑童

　　战斗进行得十分激烈，从早晨一直打到下午。阵地上，硝烟弥漫，炮声震天，敌我双方伤亡惨重。一轮落日将山冈染成血红一片。

　　山冈下出现一男一女两个担架工。领头的是一位五十多岁的汉子，一个和汉子年龄相仿、身材瘦小的妇女紧跟在汉子后边。两人一人抓着担架的一头，一前一后，在滚滚浓烟中时而匍匐，时而穿行，炮弹不时在他们身边轰隆一声炸响。他们全然不顾，一鼓气朝山冈跑过来。

　　他们来自冈下的小岗村。战斗打响前，村子里的人都已被部队组织撤离了。唯独他俩坚决不撤，从战斗一开始他们就站在村口焦急地等待着。前边不断传来放爆竹一样急促的枪炮声。

　　男的突然吼了一声：你在家里等着，我上去看看！说着，一把抓起那副磨得流光发亮的担架就走。女的急急地说了一句，我也去！男的看了一眼，只"嘿"了一声，两人就这样冒着枪林弹雨冲向山冈。

　　部队越过山冈继续向前冲去。此时山冈上这儿俩那儿仨躺满了我方阵亡的战士。两人在山冈上急切地找寻着幸存的伤员，他们找遍山冈终于在一个低凹处发现了两个浑身是血、已经奄奄一息的伤员。两个担架工仔细观察了一下伤员的伤势，连忙将那个伤势最重的战士抬上担架。

　　这怎么可能？这怎么可能？！女人突然喃喃道。女人清清楚楚地看到了伤员腰部那块树叶形的黑痣，女人已经三年没见到这块黑痣了。女人惊喜得眼泪都流出来了，男人也看清了那块黑痣。男人同样惊喜地蹲下身子，轻轻摸着战士的前胸，那里鲜血还在不断冒着。男人将系在腰间的毛巾拽出，包扎在战士身上，伤口暂时止住流血了。

　　快走，快！女人抬起担架催着男人。

137

　　等等。男人看着躺在地上的那个伤员,又看了女人一眼,很轻但很坚决地说了一句,把他放下。

　　女人瞪着男人,眼圈红红的。男人弯下腰,女人抹了把眼泪也弯下腰。那名担架上的伤员被抬下,躺在地上的伤员被放在了担架上。

　　快走,来不及了!男人朝女人吼了一声。女人蹲下身子,轻轻抚摸着躺在地上的伤员的脸,仿佛抚摸一个婴儿。伤员的眼睛紧闭着,发出痛苦的呻吟声。女人的眼泪大颗大颗滴落在伤员的脸上。女人一扭头,抓起担架,和男人一起小心地往山下的村子跑去……

　　当他们安顿好伤员,一路狂奔返回山冈的时候,被他们从担架上抬下的那名伤员已经没有了呼吸。女人发出撕心裂肺的哭声,哭声久久在山冈上回荡。男人一屁股蹲在地上,眼睛红得冒血,两手揪着蓬乱的头发。那一刻,男人仿佛一下子苍老了十岁。

　　男人拽着女人返回村子。女人将家中仅有的一点米做成小米粥,嘴对着嘴喂给伤员。

　　远处的枪炮声越来越稀,越来越稀……夕阳将最后一抹余晖悄悄洒在小岗村这户普通农家小院……

　　三十年后的一天下午,日落时分。在小岗村前的一条山道上,两位七十多岁的老人正相互搀扶着,蹒跚着走向前面的山冈。三十年前那场惨烈的战斗中几十名年轻的战士牺牲在这里。

　　女的:老头子,你当时怎么那么狠心,把儿子从担架上抬下,换成另一个战士?他可是咱家的独苗啊!难道你不心痛?

　　男的:我怎么不心痛?我还指望他给咱俩养老送终呢,可他伤得实在太重了……怎么,你现在后悔了?

　　女的:瞎说什么,人家的孩子不是孩子?人家不是爹娘养的?

　　男的:我说老婆子,你平时连担水都挑不动,抬担架时哪来那么大的力气?抬着担架风一样跑,我都差点追不上。

　　女的:我不是想把两个孩子都救活?……真是年岁不饶人,现在担架抬不动喽。

　　男的:谁说我抬不动?你把那副担架找来试试看!

　　女的:别吹了,快走吧,去看看儿子,他在等咱们呢……

　　男的:快点快点……

　　一轮红日正徐徐落下,余晖将整个山冈染得红彤彤的。余晖中,两位矮小的老人相互搀扶着,一边走一边嘀咕着。两人的步子显然加快了许多,他们越走越远,越走越高大……

棋逢对手

符浩勇

1874 年 5 月,年过六旬高龄的左宗棠仍被朝廷任命为钦差大臣,督办新疆军务。

出征新疆途经兰州城时,适逢天泻暴雨,路途险恶,只得暂时扎营。帐中劳顿之余,左宗棠闲来技痒,乃命亲信去城里物色棋坛好手,以礼相邀到大营对弈遣兴。

左宗棠平日喜好对弈,闲暇之时必找人对弈一番,其棋风泼辣细密,行棋大胆果断,与同僚中人对弈胜多负少,对自己的棋艺颇为自负。只稍片刻,便有帐下亲信回营禀报:兰州城北有一名头发花白老翁,自命不凡,高悬一条写着"天下第一棋手"的长幌,并在一家客栈摆下阵势,恭候弈客。左宗棠在慵倦中听罢,精神为之一振,威严的眼眸闪动光芒,不顾左右劝阻,微服直赴客栈而去。

进了客栈旅馆,左宗棠施礼完毕,但见白发老翁精神矍铄。刚一落座,他匆匆执红军先行,起手就架起当头炮,老翁跟入飞马迎阵,开启了首局之战。

两人对弈十余回合,左宗棠抓住白发老翁险走恶手之机,全线压赴,攻势如潮。白发老翁左支右绌,见大势已去,垂手败阵。高手对弈,胜者常有复盘习惯。白发老翁拘礼,左宗棠当仁不让,评鉴说:"孙子曰:多算胜,少算不胜。而你一步不慎,乃处处被动,败棋之因实基于此。"

第二局,左宗棠依然主动进攻,炮轰马踏,双车左右策应,红兵步步为营。白发老翁周旋招架,往来五十余回合,无奈再败。左宗棠再度鉴述:"《曹刿论战》曰:夫战,勇气也。一鼓作气,再而衰,三而竭。分战,你弃攻专守,气势先输,焉得不败?"

第三局,局势僵持,一度不下。左宗棠调集主力于右,弃卒入势,以破竹之势劈开战局,继而前仆后继,造势一气呵成,直捣黄龙。左宗棠最后笑评:"高手谋势不谋子。先哲有言:不谋万世者,不足谋一时;不谋全局者,不足谋一域。高屋建瓴,登泰山而小天下,方不愧男儿本色。"

临了,左宗棠指着门外长幌说:"棋艺不过如此,你摘下它吧。"白发老翁双手作揖说:"久仰将军大名,早已如雷贯耳,今日得见,倍感荣幸。今乃老当益壮,花甲之年犹率军出征,收复国土,心志可昭日月。三局对弈完胜,足见将军用兵神妙。老某自愧不如,不敢狂妄! 恭祝挥师入疆,凯旋。"

左宗棠待见白发老翁依言摘下长幌,遂带亲信回营,当夜拔帐出征。

转眼,半年过去。左宗棠出征大获全胜,收服新疆。凯旋回京,又经兰州城停顿,正待差人去恭请白发老翁,却听帐下亲信又报:原先对弈三局皆输的白发老翁仍在客栈高悬"天下第一棋手"长幌,摆出不可一世阵势,招摇过市,坐待弈客。左宗棠听罢极为不快,白发老翁怎可出尔反尔,愿赌却不服输? 于是命亲信请来老翁,免去礼节,双方再度布阵交战。

首一局,白发老翁躬礼执黑队后行,却守得滴水不漏,使左宗棠无从下手;且继而也攻得中规中矩,丝毫不露破绽,始终主动,凭借多卒优势进入残局。左宗棠见大势已去,遂推盘认输,以求再战。

第二局,左宗棠挥军猛攻,白发老翁却柔中克刚化解劣势;左宗棠猛攻之际忽视后方空档,又被白发老翁抓住战机,奇袭踏平大营。

第三局,左宗棠飞相取稳,守反戈之势;白发老翁则架中吊炮,巧取攻势。双方在平稳对弈中渐进酣局。不料,左宗棠取胜心切中了白发老翁诱敌之计,便做决战决胜之斗。于是棋盘上战火四起,双方兵来将往,二十余回合后,白发老翁损失惨重而左宗棠则伤亡殆尽,最后大营无兵可守,被白发老翁伺机攻克。

左宗棠连失三局,疑惑不解,却见白发老翁童颜鹤发,气势压人,左宗棠问:"时隔六月,棋艺飞跃神速! 真乃奇迹?"白发老翁从容不迫,说:"前番将军初到边地,故连负三局,乃敬将军为人,且为将军出师造势,平添锐气! 今小胜,无非为左公奉献棋艺而已。棋乃娱乐之雕虫小技,虽胜何足道哉。将军长于下大棋,半年下来收复新疆失地,光照日月,岂不是下完了光照青史的好棋呀?!"

左宗棠听罢,脸带愧色,感叹不已,说:"棋逢对手呀,你不止长于下棋,谋略过人,连老夫的国家大事,也成你眼里的一局棋了。"顿悟棋中哲理,左宗棠揖手拱谢,不由仰天长叹:此乃天下第一棋手!

枪神

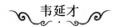

韦延才

　　鲁汉民从部队转业后被分配到了县公安局。每次射击比赛,鲁汉民枪枪中靶心,在市公安局乃至全省的警界中,享有"枪神"之称。

　　有一年,公安部举办射击比赛,每个省区只有一个参赛名额,省里的这个名额自然毫无悬念地落到了鲁汉民的头上。

　　就在离大赛只有一个星期的时候,市里发生了一宗绑架案,绑匪劫持着人质与公安人员对抗。

　　绑匪把一把锋利的尖刀架在人质的脖子上。三个多小时过去了,人质随时都有被杀害的可能。市公安局领导果断决定,把绑匪击毙,营救人质。

　　市局领导考虑再三,决定把击毙绑匪的重任交给鲁汉民。鲁汉民接到命令,半个小时内就赶到了事发现场。他迅速占据了一个有利的位置,掏出那支伴随他多年的手枪,把枪口对准了穷凶极恶的绑匪。

　　鲁汉民隐蔽在一丛灌木旁,距绑匪只有五六十米远。绑匪的一举一动,他都看得一清二楚。

　　太阳缓缓地向西边的远山滑去,金黄的夕阳照在绑匪的脸上。绑匪怒睁着双眼,反而因为夜晚快要到来而变得烦躁,手里的那把刀子已经在人质的脖子上划出一道口子,鲜红的血顺着锋利的刀刃滴了下来。

　　现场指挥的市公安局李局长向鲁汉民点了点头,那是给他下达行动的命令。鲁汉民盯着绑匪,犹豫了一下,李局长压低声音命令:"干掉他。"

　　李局长的声音像一块硬邦邦的石头砸进鲁汉民的心里。鲁汉民虽然有"枪神"的美誉,但处在和平年代,在部队的时候,他没有上过战场;到了公安局,也一直没有面对面地射击过犯罪分子,所以此时他万万不敢掉以轻心,必须找到最佳的时机才能出手。

绑匪也许察觉到了什么，押着人质不住地晃动着。在场的人都很紧张，为人质的安全捏一把汗。如果不尽快把绑匪干掉，人质的安全就难以保证；若开枪者稍有走神，也会误伤。这也正是市局领导一定要鲁汉民担当此重任的原因。

鲁汉民全神贯注地盯着绑匪。绑匪声嘶力竭地喊："别上来！上来，我就杀了她！"

就在绑匪把头转向另一侧窥视的刹那间，鲁汉民的枪响了，只见绑匪晃动了一下。接着又是一声枪响，绑匪手上的刀掉到了地上，人向后退了一步，缓缓地蹲了下去。

在绑匪的手松动的瞬间，人质飞快地逃脱了。公安人员迅速扑上去，将绑匪擒住。

鲁汉民一连开了两枪，一枪擦着绑匪的额角打出，一枪打在绑匪肩上。事后回想起这件事情，李局长和在场的人都心有余悸，如果这枪再打偏一点儿，那个人质就会成为绑匪的刀下鬼了。

"枪神"竟然是这样的射击水平！李局长深知问题的严重性，马上召开局务会议。会上，有人说鲁汉民在打枪前，手抖动了一下，这说明他的心理素质还不够成熟，要是到了全国的比赛场上，怎么会取得好成绩呢？连发两枪都没能把绑匪击毙，像这样的枪法，能打出八环就算不错了。大家形成一个共识，为了市局的荣誉，为了全省的荣誉，必须另换他人去参加比赛。

鲁汉民就这样失去了参加全国公安系统射击比赛的资格，他的"枪神"称号也渐渐失去了光彩。而代替他赴京比赛的另一民警不负众望，夺了个第二名。此后，这个神枪手因为出色的枪法，仕途一帆风顺。而鲁汉民到退休的时候，还是公安局下属的一个只有五个人的科室的副科长。

鲁汉民办好退休手续后，准备告老还乡。在回乡前，他专门去了一趟二十多年前他枪击绑匪的地方。那地方变化不大，与当年没有多大的差别。

鲁汉民看到，一个老人在那里默默地站着。

这个老人就是当年被鲁汉民打了两枪的绑匪。知道鲁汉民就是当年那个枪击他的"枪神"后，老人睁大了眼睛看着他，疑惑地问："既然你是枪神，怎么连发两枪都没有把我击毙呢？"

鲁汉民看着老人当年劫持人质的位置，叹了口气："因为我是枪神呗，我想打你哪里，就能打你哪里。"

鲁汉民说完，转身走了。老人看着他渐渐远去的背影，忽然"扑通"一声

跪了下来，直到看不到鲁汉民的身影了，还呆呆地跪着。他那昏黄的眼睛，早已有两行泪水流下。

太极孙

远 山

太极孙十七岁入伍来到滨城某海军基地。其面色白净,身高不足一米七,看上去弱不禁风,实在不像是个大兵。

初夏,太极孙跟随连队来到滨城某小岛的一个坑道。

太极孙在新兵连是一名话务员。

军用坑道设备齐全,每天就是练习那"滴滴答,滴滴答",发报声此起彼伏。最后,战友们都发完了一组一组的练习,只有太极孙依旧憋得脸通红,"滴——滴——答"地练着。

通常,太极孙在战友们的嘲笑和责备中狼狈地结束,因为每次都是太极孙拖了二班的后腿。二班的战友非常气恼他那慢吞吞的动作和不会着急的脾气,二班的战友给他送了一个绰号——太极孙——意思做什么事都像打太极拳一样慢悠悠的。当别的战友都在操场上投篮跑步打球时,太极孙又在草坪上慢悠悠地打起了太极拳。

滨城的梅雨季节,淅淅沥沥的绵绵雨足足下了一个月,连队的很多战友都委靡不振,痛苦不堪。这是长期待在坑道里的常见病——风湿性关节疼痛。坑道不通风,照不到阳光,潮湿阴冷,连队有几十个人得病,操场上少了许多投篮的身影,也听不到战友们那粗犷的笑声。只有太极孙还是慢吞吞地练习发报,却没见他有什么难受的地方。

有一天夜里,太极孙看着翻来覆去痛苦得睡不着觉的好朋友,悄悄地说,你知道我为什么没得这个风湿痛吗?因为我有家传秘方,针灸可以治疗你这病痛,你信吗?说着,从枕头底下拿出一盒长长短短的银针。

针灸可以治疗风湿关节疼痛、神经痛,这书上都有记载,战友也听说过,可没听说过连发报都发不好的太极孙能治疗风湿痛。

借着月光,战友看到太极孙从一个小盒子里拿出一小团棉球擦了那几枚小小的银针。他期待地望着好友,信心十足地说,不信你试试。好友不愧是好友,何况正难受得紧,于是两人偷偷地起床来到了室外。

太极孙叫好友坐在操场边的石凳上,卷起裤脚,快速地找到了几个穴位,阳陵泉、犊鼻、伏兔、足三里、丘墟、昆仑、解溪、太溪、承山,一针针下去,捻、转、提、插……酸胀得好友龇牙咧嘴却憋足了气,不敢发出一点声响,怕吵醒战友。太极孙随即在自己的双腿上也扎上了针。

半个月后好友的风湿关节痛日渐好转,好友经不住别的战友的追问,"出卖"了太极孙。在战友眼里几乎是一无是处、连发报都发不好的太极孙能治疗风湿疼痛症?战友们不信,但在这样一个孤岛上,环境恶劣,医疗设备根本就跟不上,遇到台风天气船靠不上码头,连生活物质也送不到岛上,哪里去找治疗风湿关节疼痛的药?战友们也没有别的办法,于是,每个夜晚等到吹了熄灯的号角,同宿舍的战友都轻手轻脚地走出室外,一个个并排坐在石凳上等待着太极孙的那一枚枚银针。此刻,太极孙麻利地找准一个个穴位,动作利索、快速、准确。他穿梭在十来个战友中间,不时地为这个捻一下,为那个提一下,又为另一个捏一下,看得战友们眼花缭乱。这哪里是动作慢如打太极的太极孙?简直是一名医术娴熟技巧高超的医生,只是没穿白大褂没在医院里而已。

这是如此大胆的行为,太极孙把心都提到了嗓子口,这可是违反纪律的事呀!好在战友们齐心协力保守秘密,更令人欣慰的是战友们的风湿痛越来越轻,出操,跑步,打球,个个又是精神抖擞。

当连队领导从滨城请来医生时,这些驻守在孤岛上的战友们早就恢复了生龙活虎的状态。新兵连的每个战士都按规定完成每日的练习,只有太极孙依旧在战友们都练完了一组一组的练习后还憋得脸通红,十指"滴——滴——答"地按着发报机。

操场上的投篮身影和粗犷笑声重新回荡在这个孤岛上。在篮球场旁边的一块草地上,太极孙正在指导他的三个徒弟学打太极拳,那极慢极柔的弧线怎么也不能跟太极孙扎针时找一个个穴位的快速和准确相提并论。

那根竖在操场边的木柱子倒下来时是毫无预兆的。

事后,据目睹这一幕的战友说,正在指导几个战士打太极拳的太极孙,那动作简直就是凌空飞跃,从草地"嗖"地飞到篮球场推开了那个战友。只是太极孙再快还是来不及让自己躲开,粗大的木柱子压在了太极孙的左腿上。

太极孙在医院里住了近半年,痊愈后的太极孙左腿有点微微的跛,领导特批了太极孙去医学院进修。

太极孙入伍前原来是广东孙氏中医针灸第五代传人,从小就跟着父亲学习针灸疗法,耳濡目染。仔细观看,太极孙的身上都是密密麻麻的针眼,那是太极孙多年来在自己身上试验所留下的。

剃头匠

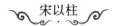

宋以柱

  老宋退伍回来的时候,理过几年头发,都是在耕种收获之余,到集市上去理发。其实不叫理发,我们那儿那时叫剃头。小镇上的人,有多少人让老宋剃过头? 没法数。

  老宋在集市上有个固定的摊点,一南一北两棵老杨树之间,老宋就面东摆下自己的剃头摊子。每次放下担子,他先把一块牌子挂在北边的树枝上,(牌子上写着:五毛剃平头。)再把磨剃刀用的油布挂在南边的树枝上,灌满水壶,点上炉子,支好洗头洗脸的盆子,围好白大褂(那大褂洗得真是干净),手推子上点上一点油,免得夹头发,最后坐等水开。

  秋冬两季呢,又用高高的玉米秸做围墙,把北西南三面挡了一下,就像是一下子把阳光关在了这个空间里。下雨呢,就在上面盖一块塑料布,拿一根细长的树枝,轻轻压一下。正在剃头的,坐等剃头的,就安心了。

  炉子上的水没开,就有人着急了,催着老宋快点先给剃剃,不用洗也行,回家自己洗去,还等着回家栽地瓜去呢。老宋话不多,说不干。等水开了,老宋把盆子里的水掺热,问一声谁先来,早有人坐好等着了。

  集市上剃头的还有另外三家,都是先把头发洗了,擦干,再剃。老宋剃头是干剃,和别人不同。客人坐稳了,老宋说一声低头,"低头"二字是先抑后扬,怪好听。客人后脖颈那儿一凉,推子在老宋手里咯噔咯噔地响,推子凉凉的痒痒的,往上移。干剃头,没有谁能剃得平,特别是剃平头,只有老宋。前后一遍剃下来,就绝不再用推子。摁到热水盆里,用大手前后一搓,碎发都留在盆子里,飘飘悠悠的沉到盆底。哗一下泼出去,换上热水,烫热毛巾,捂在下巴上,拿剃刀在油布上一蹭,只三下,刮完胡子。客人交五角钱,走人。

老宋剃头真是快，也真是好。平平展展一个平头，精神爽气。这快和好是在部队上练出来的。

老宋在部队上是伙夫，跋山涉水都背着一口大锅，到个地儿，一声宿营的命令，老宋就找背风的墙角、山崖根，挖坑埋锅，点火做饭。一声开拔的命令，背起锅就走。有时候战士们还没有吃饱呢，老宋自然就饿着肚子上路。剃头呢？是老宋自愿的。好的时候，是休整的时候，大家都比较放松，训练之余，就找老宋剃剃头，弄得短短的，精神，也防备在战场上肉搏被敌人抓头发。剃完头，或者还可以到河里洗一洗头发楂。若是行军途中，三下五除二，剃完，还要急行军，你别想好好打理头发，更不用说拿水洗一洗。时间一长，老宋这手艺就留在身上了。

老宋的剃头摊曾是集市上最晚走的，等剃头的人多。后来就少了，有时候看着老宋自己坐在那个高脚凳子上，眯着眼养神。什么原因呢？大姑娘小伙子谁还到集市上剃头？集市北边的沿街房有了三家剃头的，不叫剃头，不叫理发店，叫美发店。烫发染发拉直，从那里出来的大姑娘小伙子，什么样子？大姑娘剪个小平头，小伙子留个披肩发，还又烫又染，弄得黄的绿的红的，一脑袋花色。光顾老宋剃头摊的，就只有那些年龄大的中老年人，他们剃头次数也少，能省一次就省一次。

赶完集，老宋到店里买点桃酥饼干一斤烟叶，到杨老太太那里去。杨老太太守寡十年了，两个女儿嫁得远。老宋放下剃头挑子、点心，把水缸挑满，坐下来和老太太喝茶抽烟拉呱。老太太也抽一点烟叶。

那一次部队休整，也不算是休整，离前沿阵地没多么远。老宋一个个地给战士剃头。李卫国，连队的文书，还戴副眼镜，文文弱弱，说话细声慢气的，老宋就喜欢他这个文化劲儿，剃头的时候就自作主张，留长了一点，前额那儿。小李可以在写字的时候，走路的时候，用闲着的左手往左一捋，老宋觉得特帅气特文化，很适合文书的身份，结果就出事了。

老宋说，老姐姐啊，我担着人命呢，要不是我，那小李文书能死吗？

那一次，他们还是被越南鬼子包围了，一层一层的敌人涌上来，弹药全部打光。战士们呐喊着冲进敌人堆里。老宋的腿已经断了，在一处断墙后，只等着上来鬼子兵就和他们同归于尽了。这时候他看见了那个文书小李，小李和一个鬼子抱在一起，在地上滚来滚去。趁着把鬼子压到一个坑里的机会，小李从腰里拔出匕首，插进鬼子胸膛里。然而就在小李左转身，要起来的时候，那个鬼子一把抓住小李的头发，拖倒在地，把小李的匕首狠狠插

进小李胸膛，自己也两腿一伸死去了。鬼子的那只手还狠狠攥着小李的头发。

老姐姐，我不是不会弄那些个三七开四六开的长发啊，我是心里堵得慌啊。

你也不要老放不下，不是那头发，鬼子也能把小李摁倒。老太太似乎是自语。

可我是眼睁睁看着鬼子抓住了小李的头发，把他拖倒的。老宋呜咽。

老宋是背着处分回来的，他没有补助，敬老院也不肯去。老宋一生未娶。后来没有再见到他，许是死了。

三等功

侯发山

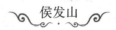

这一批新兵当中，唯有他是从农村来的。看得出，他是一个十分健壮的小伙子，脸孔黝黑，眼睛明亮，笑时露出一口雪白的牙齿，一眼就可看出是个老实巴交的人；而且不善言谈，傻里傻气的。因此一开始大家都瞧不起他，连新兵连的连长也没把他放在眼里。

连长是个开朗、活跃的人，为了不至于把气氛搞得那么紧张，开始训练前，连长别出心裁地搞了个"闪亮登场"：让每个人简单自我介绍一番，然后再表表决心。大部分兵都是从城市来的，即便没受过高等教育，起码也是见多识广，因此几乎没有怯场的，讲起话来洋洋洒洒口若悬河，最后都是"苦练本领，报效祖国，当一名优秀士兵"什么的。连长听得心花怒放，咧着嘴傻笑。轮到他时，他飞红了脸，不安地扭捏起来，一只手不停地挠着后脑勺。大伙儿轰地笑了。他更加手足无措，结巴着说，俺、俺爹说了，让俺在部队上立个功，要不就别回去见他。包括连长在内，大家笑成了一团。

待队列站好，连长对大家说，从第一排左边起开始报数。当时，他就站在第一排左首。他惊讶地看着连长，似乎很不情愿。连长看了他一眼，又大声说了一遍："报数！"谁也没想到，他扭转身去抱住了旁边的一棵树。

大伙儿都愣了一下，随即又大笑不止。

他明白过来后，竟转身跑了。有人要去追他，连长冷冷一笑，摆了摆手，说先不管他，咱开始训练。连长心里更加瞧不起他。

训练开始时，连长假装失手把一枚手榴弹扔到士兵队列里。众人都呆了，旋即惊叫一声作鸟兽散，都躲避在隐蔽处等待爆炸。还站在原地没动的连长笑了笑，把大家叫了出来，说这枚手榴弹没有引信不会爆炸，他只想看看他们的反应。

　　这时候,他回来了。连长本想狠狠批评他一顿,看到他的脸上还带着明显的泪痕,就罢了念头,但连长为了出出他的洋相,就又把那枚没有引信的手榴弹投到了队列前面。他傻愣愣地站在那儿,猛然吼了一句:"快跑!"随即猛地扑上去趴在手榴弹上。大家忍不住哈哈大笑,而且笑态百出:有的笑岔了气,指着他说不出话来;有的弯着腰捂着肚子直叫"哎吆";有的趴在另一个人的肩膀上,不住地晃悠……他抬头见大家都不当一回事,气急败坏地说:"混蛋,都快跑呀!"大家笑得更热烈了。这次,连长没有笑。连长眼睛潮湿了,上前把他从地上拉了起来,告诉他了事情真相。他长长地松了一口气,羞着脸不好意思地抓挠了两下头发。

　　年底,这一批新兵当中唯有他获了一个三等功。是连长为他争取来的,连长说他虽然没有上过战场,他虽然没有突出的贡献,就冲他这种愿意为战友牺牲一切的精神,就值得我们向他学习!

一个人的战斗

张爱国

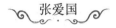

北方的天瞬息万变，刚才还晴空万里冷月如洗，眨眼就阴风怒号乌云盖天。紧接着，大滴大滴的雨落下来。不到一刻钟，雪团就开始猛烈地砸向大地。

一支队伍，战士们身上的棉衣虽凝结成厚重坚固的冰坨，但依然雄赳赳气昂昂地向目的地挺进。

目的地就要到了，矮将军下令生火烘衣。于是，风雪中，战士们赤膊着，围着一堆堆跳跃的篝火烘烤着湿衣。

探马来报，三里外，侵略者的又一支队伍正悄悄袭来！矮将军吃惊之余，略一思考，命令全军，扑灭篝火，就地伏击。

时间紧急，战士们又无法穿上冰衣，只得赤膊着就地伏下。雪住了，气温却低得出奇。啾啾的北风更是裹挟着一丛丛看不见的芒刺，射进每一个肉体的每一寸肌肤和每一个脏器。敌人越来越近，战士们连呼吸都异常谨慎起来。

时间在一分一秒地过去，敌人的速度却慢下来。难道，敌人已经知道了这一切？要活活冻死这群人？

风中，敌将的训话声清晰可闻："弟兄们，今夜一战，是关系我们千秋万代的决战！我们的空间太小，我们必须向这广阔的近邻谋求我们可以得的土地，我们必须为我们的子孙后代提供更广阔的生存空间。我们发誓，用我们年轻的生命，换一块安葬我们尸体的土地！"

"用我们年轻的生命，换一块安葬我们尸体的土地！"喊叫声一阵高过一阵，直震得四周树木上的冰凌纷纷坠落。

敌军进入了伏击圈，矮将军叫一声"打"，就要蹿起来，但一种从未有过

的力却将他死死地牵扯住,一股撕心裂肺的疼痛也由腹部传遍全身。矮将军低头看,自己的肚皮早已与冰雪凝为一体!矮将军紧咬牙关,前额顶地,双肘猛一撑地,站了起来。站起来的矮将军不由得趔趄着,哆嗦着——他的肚皮被坚硬的冰雪硬生生扯下了一大块!

矮将军隐约觉得不对劲,回头一看,雪地上,这支身经百战屡立奇功的队伍,依然静静地伏着,哪里还有往日那猛虎下山的威势——他们已成了一个个冰坨。

矮将军顾不上了,挥舞着大刀,冲进敌群。这是一场一个人的战斗——矮将军与数千敌人在战斗。

一个炮弹轰来,矮将军倒下了。

就在敌军为这天赐的胜利而欢呼的时候,矮将军却慢慢站了起来。摆摆头上的冰雪,矮将军就要跨步,可脱落到膝盖的裤子束缚了他。矮将军弯腰,拎起裤子,却发现皮带炸断了。矮将军想寻找可以系裤子的东西,可是什么也没有。

敌人仿佛在幸灾乐祸,静静地看着挣扎中的矮将军,他们要看看这位曾令他们胆战心惊的人还能有什么能量。

如昼的火光下,矮将军的一截肠子正从他血肉模糊的腹部流出来。矮将军屏息,将肠子塞进腹腔,可刚一放手,又滑落下来。矮将军如红色冰雕,环视雪地上一个个冰冻了的战友,忽然伸出一只手掌,狠狠地抹过那血肉模糊的肚皮。旋即,张开五指,如鹰爪一般由伤口插进腹内,一抓,一旋,一拉,抓出了一把肠子,又闪电般地拉开肠子,系上了裤子。

敌人惊呆了,等回过神,已有两颗脑袋落地……

矮将军倒下了,砸起一片白里透红的雪花。

站在矮将军的尸体前,敌将并没有胜利的喜悦。他低着头,仿佛在沉思。好一会儿,他才激动地说:"弟兄们,这是一支不可战胜的军队,这是一个不可战胜的国家!"敌将的声音低沉了:"弟兄们啊,如果我们也有这种精神,还有什么奇迹不能在自己的土地上创造?还有什么必要冒死来强占这并不属于我们的土地?"

不怕死的英雄

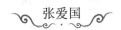

张爱国

野外,春风吹拂,柳条浮动,新生的野草、麦苗绿油油一片。

将军终于踏进了这片土地。

村庄里,燃烧后的房屋有的还散发着缕缕青烟,沾血的兵器、风干的血、断臂残腿,甚至头颅、躯干,不时闯入将军的眼帘。昨天,这里经历了一场最残酷的厮杀。

将军清楚,叛军虽然被全部消灭,但叛军的影响在这里根深蒂固,老百姓中反对将军甚至欲与将军同归于尽的不在少数。将军决不能掉以轻心。

将军来到一座院落前。一个妇人,弯着腰,一手抱婴儿,一手捡地上的柴草。将军刚跨进院门,身边的枪响了,妇人一头栽倒。将军转头厌恶地看着开枪的卫兵,卫兵弯腰从妇人的柴草里拿出了一把冲锋枪。将军闭上眼,叹口气,命令将婴儿送回营中,好好养育。

将军穿过了村庄。他精明的卫兵开了五次枪,五人毙命。将军的眉头很凝重。

在一个破败的院前,将军饿了,蹲下身,拿出面包,慢慢吃起来。

一会儿,将军站起身,拍拍身上的面包屑,往回走去。当回头看见刚才吃面包的地方蹲着一个小女孩的时候,将军站住了。小女孩正仔细地捡拾着地上的面包屑,每捡一次,就小心地放到嘴里。看得出,小女孩为能吃上面包屑而兴奋。

将军拿出两块面包向小女孩走去,卫兵赶紧拦住。将军愤怒地推开卫兵。

将军来到小女孩身边。小女孩的手伸向裤袋的同时,卫兵的枪也瞄了过去。将军扑身护住小女孩,将面包塞进她的手里。将军对卫兵说:"谁要

是再让我听到枪声,我就毙了谁!"将军的语气是那样的坚定。

将军抱着小女孩,问什么名字,几岁了。小女孩吃着面包,高兴地回答着。将军问小女孩会不会玩"将军骑马"?小女孩睁着惊恐的眼睛,摇摇头。将军笑了,说:"你真是大笨蛋,我们家莹莹和你一样大,一样漂亮,早就会'将军骑马'了。"小女孩露出羞涩的样子,将军摸着她的头说:"不会玩,叔叔这就来教你。"

卫兵抱住将军,哀求将军不能这样做,提醒将军别忘了这是什么地方,都是什么样的人。将军却命令卫兵后退五十步。

将军伏下高大的身子,一手落地,另一只手将小女孩扶上自己的背。将军慢慢爬动着,小女孩发出银铃般的笑声。将军径直爬到墙边,头抵着墙,撞一下,退回来,再撞。小女孩连忙说:"别撞了,叔叔,疼!"将军这才侧过头,竖着一只耳朵,说:"大马是瞎子,你不帮大马转弯,它知道往哪儿转呀?要是我们家莹莹,早就揪着大马的耳朵转弯啦。"小女孩一听,兴奋地揪起将军的耳朵,发着"驾!驾"的吆喝声,忽左忽右地驰骋起来了。

一会儿,只见将军胳膊肘慢慢弯下,拄地,头又一耷拉,不动了。小女孩吃惊地问:"叔叔,累了? 歇会儿吧。"小女孩就要下"马"。将军"呼噜、呼噜"两声,笑着说:"大马是懒东西,你不用鞭子抽打,大马就睡懒觉咯。"小女孩高兴地"哦"一声,骑在将军背上,眼睛向四周寻找着可作鞭子的东西。忽然,小女孩浑身一激灵,接着,以迅雷之势掏出裤袋里那把雪亮的匕首,对准将军的背心,狠狠地插了进去。

将军没有叫,只是快速翻过身,赶在卫兵的枪响前将小女孩紧紧搂在怀里。

卫兵哭叫着:"将军,杀了她! 杀了她!"

"听着,谁也不许……伤害她。"将军的脸紧紧地贴着小女孩的脸,微笑着,"你……你和我们家莹莹……一样大,一样聪明,这么快就……会骑大马了。不过,你……比莹莹……勇敢,你是……不……不怕死的……英……雄……"

英雄故事

子 干

已跨入古稀行列的老英雄孙国全,几十年来,不知作过多少次激动人心的英烈报告,讲过多少回生动有趣的战斗故事。

他应邀到一所大学作报告,作完报告,又被新闻系的一些学生从礼堂拉到教室,进行实习采访。要求是,只能讲他个人。他便讲了一个他从未讲过的、有关他自己的"保留"故事——

在上甘岭战役坚守一个高地的战斗中,我腿部负了重伤,不得不躺在担架上,往下撤。不料,没走多远,敌机就在附近投掷了一枚炸弹。一片弹皮,不偏不倚蹦在我的下嘴唇上。也怪这下嘴唇太经不起考验,一下就裂开一个大口子,成了兔唇豁嘴子。流血疼痛不说,说话还通风漏气。

我被抬到山下一个废旧掩体里。抬担架的是黑铁塔般的战士大牛和纤巧瘦弱的女卫生员小周。小周问我:"孙连长,咱们怎么办?"

"什么怎么办? 不是去野战医院吗? 走啊!"

"这儿离医院大约二十公里,我们……我们最快也要三个半小时才能赶到。可这么长时间,伤口恐怕就难以缝合了。"小周低着头怯怯地说。

"难缝合就难缝合吧,怕啥?"我心想,命都可以不要,这点儿小伤算什么。

"那……那可是一辈子的事啊!"小周含着满眼泪水深情地望了我一眼,急忙转过身去背对着我,嘟哝说,"破相,一辈子……"

"那你说咋办?"

"马上缝合。"

"那就缝吧。"

"没有麻醉药。"

"有什么?"

"只有针和线。"

就……这样,大牛死劲按住我的手和腿,小周哆哆嗦嗦把我豁了的嘴唇缝合在了一起。大牛松开我时我的身下被压出了一道沟。小周浑身上下全湿透了,瘫软在地上,半天说不出话来。

"是什么力量支撑您不畏剧痛,接受这样的'手术'?"他讲完后,一个听得目瞪口呆的学生问他。

"是怕。"

"怕,怕什么?"

"怕留下残疾,不好找对象。"

"在那样的生死关头,您怎么还能一下子想到这个事?"

"是……是小周眼神的启发。因为,在这之前,她从未用这种眼神看过我。"

"那……你们?"

"明天就是我们的金婚纪念日。"

永远的标记

王孝谦

　　平是个兵，上岛快三年了，没见过女的上岛来。这天，他换岗回到宿舍便捧着迟到的杂志久久凝视封面女明星，看着看着眼前就浮现出了另一张虚幻缥缈的美丽面孔，心里异常躁动。平没有女朋友，可他自己也不知道向往的那张面孔姓甚名谁。

　　副排长一把抢去了那本杂志，另外几名战友也围上来争着一睹"明星"芳容。平一时有些性急，仿佛自己的心被人抢去了，便跳过去抢夺那杂志，"明星"被七八双手撕扯得七零八碎。大家一阵沉默，一阵叹息。平鼓着眼睛，瞪了副排长一眼，提了枪冲出哨所。平提前把班长换了下来，平站在岗哨上，眼前白茫茫的一片，只有涛声，海上连一只飞鸟也没有。

　　某一天，岛上破天荒热闹起来，某军政治部文工团莅临小岛，特为边防战士举行专场慰问演出。歌舞团有十多位女演员，个个似杂志上的女明星，其中一位高挑、细腰、丰臀的女演员好像就是那位被战士们撕碎了的"封面女明星"。战士们兴奋得手足无措，女演员们要在岛上待两天两夜，战士们虽有很多理所当然的欣赏机会，但仍不愿放弃这期间任何一次窥视。

　　平一直注意着那位"封面女明星"。女明星围着哨所转了两圈，显得很焦躁，好像在寻找什么。女明星悄悄溜出哨所，走进乱石岗，她望望周围，发现草丛中、石堆后总有眼睛盯着她，便又无奈地往哨所走，动作僵直，脸涨得通红，显得很痛苦的样子。

　　平一直不远不近地跟着她。平这时鼓足勇气迎着"女明星"，行了个标准的军礼，然后问："同志，您找……什么？"

　　女明星的脸愈加通红了，轻声答："我在找厕所，这儿怎么没有厕所？"

　　平一愣，怎么会没有厕所？平不是天天都在蹲吗？又一想，也是，岛上

没有来过女人，自然没必要有女厕所，而唯一的厕所不仅无标记也无门。遇到这样的问题，平也想不出办法。

女明星将这事反映给带她们来的文工团团长，团长找到平的顶头上司副排长，副排长又安排平找纸笔来写了"女厕"贴在墙上。这请示汇报安排部署落实的复杂程序其实在几分钟内就完成了。平乐意做这事，很快那厕所内便传出了女演员们的欢声笑语，女明星出来时便特意向平很感激很妩媚地笑了笑。

唯一的厕所变成了"女厕"，战士们便往野外跑，而随文工团来的几位白面书生却不愿在光天化日之下野撒，也要求入厕所，享受同等待遇。有一个小子实在熬不住了，一下子冲进厕所，却见一妙龄女演员正在努力。她随即一声惊呼，那小子吓得摔了一个仰八叉，这事件闹得全岛沸沸扬扬。

这难题真难解。

平与女明星又碰了一面。平便回住处找来一颗大铁钉钉在厕所外墙上，撤去那"女厕"一纸。于是，当女明星入厕时就将女军帽挂在钉子上，平入厕时又将男军帽挂在钉子上。男人、女人均如此仿效，秩序井然。

战士们觉得好开心。平也觉得这日子好滋润，像过年。文工团离岛时，只有女明星没戴军帽，更显得风采照人。

岛上的日子突然间又寡淡下来，战士们都蔫蔫的一如往日。

两天之后，那厕所的铁钉上突然又挂上了一顶女兵帽……

那顶女兵帽悬在墙上，一直没人取走，成了岛上一处特殊的风景……

愿望

张殿权

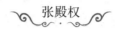

秋风一阵紧似一阵,从新川河上游刮来。白霜降下,降到两岸的杂树林和田野里,也降到北岸的这个小村庄里。

这个村子地处偏僻,年轻人大都出去打工了,村子显得十分静谧、破落。村北头的一个小院里,散发出浓浓的中药味。荣华娘刚喝完儿子给她煎的一碗中药,把碗放到了一旁的桌上。荣华娘病在床上已经有一段时间了。这几天她心里都在想着一件事,但是一直没敢说出口。今天,她觉得自己似乎舒服了一点,于是决定向儿子提出这个要求。

"荣华,你去你大婶子——光华娘那儿,求她个事,看她能不能选个日子,把当年俺们女民兵队的队员召集一下,再训练一次。"

儿子一下子没听明白,问:"娘,您说啥?"

荣华娘又重复了一遍。

儿子不解地问:"娘,您这是要干啥?"

荣华娘说:"这是我最后一个心愿……"

儿子有些为难地说:"可是,大婶子会答应吗?"

荣华娘也觉得这事不一定能成,但她想试试:"你去求求她,你说,这是我最后一个心愿啦。"

儿子荣华出了门,往光华家走去。光华和他媳妇都出去打工了,家里只剩光华娘和光华爹老两口。荣华把母亲的意思说了出来,光华娘和光华爹也是一惊。

光华娘问:"你娘这是啥意思?"

荣华说:"我也不懂呀……"

光华爹插嘴道:"这事,估计不好办吧? 当年那些女民兵不少都去世了,

没去世的,也都七十来岁了呀……"

光华娘想了想,说:"这样,你先回去吧,回头我去看看你娘。"

荣华走后,光华爹就担忧地说:"荣华娘这几十年可都是不服气你,对你有意见。眼看着不行了,是不是要害你一次?"

光华娘瞪了光华爹一眼:"你把她想成啥人了?"

光华爹说:"不是吗? 这几十年,她可正眼看过你吗?"

光华爹说的确是实话。光华娘和荣华娘是同一年嫁到这个村来的,起初两人关系好得跟一个人似的。那时候年轻,革命积极性也高,村里就组织了一个女民兵队。荣华娘非常想当队长,可支书却让敢说敢干的光华娘当了队长。荣华娘心里很不是滋味,就不大愿意服光华娘的管。

那时候人们生活苦,常常吃不饱肚子。为了防范有人偷盗集体粮食,夜里就派女民兵看粮库。有一回轮到光华娘和荣华娘看夜,到了后半夜,荣华娘突然向光华娘提出"拿"点粮食回家。当即,光华娘就严词拒绝了。荣华娘很气愤,说:"其他女民兵,还有邻村看粮库的民兵,谁不偷偷把粮食往家拿? 你怎么就这么死心眼?"光华娘说:"这是大家伙的,私拿回家就是偷!"此后,光华娘每晚都不定时来查岗,还固定地把荣华娘和自己分在一起值夜。荣华娘一气之下,要退出女民兵队,姐妹们好说歹说才没有退。

后来,女民兵队解散了,光华娘成了村会计。每到分粮食等东西时,光华娘都坚持公平、公正、公开地分配,村里人没有不支持她的,她在村里的威信也很高。可是,荣华娘还是对光华娘有气,见了她总是爱答不理。再后来,田地就分到各家各户单干了,荣华娘忽然像脱离了光华娘的阴影一样,见了光华娘常装作没看见。一忽儿,几十年过去了,两人也很少在一起唠话。

今天,荣华来说这事,究竟是要演哪一出呢?

光华爹坚决不让光华娘答应这件事,说:"你去看她,我不反对,但无论如何都不能答应这事。她肯定没安好心! 如果你把当年的这些女民兵都召集起来了,有个啥闪失,咋办?"

光华娘想了想,说:"我去看看,回头再说吧。"

到了荣华娘家,看到荣华娘头发花白,身体消瘦,想起几十年前她们年轻时候的飒爽英姿和冲天干劲,光华娘的泪就忍不住落了下来。荣华娘看到光华娘来了,也很激动,忙让她坐。光华娘问了荣华娘的病情,安慰她说好好休养,会好起来的。荣华娘却说,她知道自己的病,她只想求光华娘能在这几天选个日子,把还活着的几个当年的女民兵队员召集一下,再训练一次。她说:"妹子,我不瞒你,这些天,我总忍不住回想过去。我也觉到,我以前那样埋怨你,不该呀……其实,我心里一直是佩服你的,因为你做事公道呀……"

"老掉牙的事,还说那干啥?"

荣华娘忽然老泪纵横了,说:"我之所以求你这件事,还有一个原因。当年大家伙一起干活,一起吃饭,虽然都很穷,有些人还好偷懒,不干活,但大多数人的心很齐呐!这几十年,大家的生活虽说好多了,可是心都散了,不齐了,也很少有让人激动的事啦。那时候老少爷们在一块儿热热闹闹的,现在青壮劳力都打工去了,村里寂寞得很呀!我快不行了,我多想再感受感受当年大家心齐的光景,让我走的时候不那么寂寞……"

光华娘也泪如雨下,说:"嫂子,我明白了。"

当天晚上,光华娘就去了几个还健在的当年的女民兵队员家里,请她们第二天一早都到荣华娘家去。她们一听,也很激动,都答应了。回到家,荣华娘从杂物堆里找出了当年的那个小号,洗擦干净,试着吹了吹……

第二天天刚亮,光华娘和几个当年的女民兵就来到了荣华娘的院子里。这时,荣华也给娘穿戴好了。光华娘仰起头,对着露出红霞的东方天际,使劲吹起了小号。听到号声,几个当年的女民兵队员像当年一样,迅速站成了一排。

随后,荣华娘也精神焕发地出了屋子,站在了当年她站的排头位置。

光华娘喊了一声:"报数——"

"一!"

"二!"

"三!"

……

稍息，立正

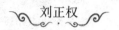
刘正权

老郑的身子骨瘦，但不突出，就连椎间盘也不突出，用兵崽子的话说，直板板的！

换书面语就气势多了，叫挺拔！对了，老郑当了十年兵。转业到地方时，是正连级干部，属于兵头将尾的那种。

因为兵头将尾的身份，十年来他喊得最多的就是四个字——稍息，立正！

到了地方，行政单位不好进了，老郑不挑剔，革命战士是块砖，哪里需要哪里搬！一搬就搬进了一家公司，官不大，工会主席，在企业里，恰好也属于兵头将尾。

兵头将尾咋了，很重要的一环呢，衔接上下级的桥梁，做一辈子桥梁，那是多崇高的荣誉！老郑到底是部队大熔炉里锤炼出来的，晓得崇高两个字。

这年头，崇高都快被人忘了是怎么回事。

有人却忘不了，公司老总陈昆。陈昆也是兵崽子出身，跟老郑一个排的。因为立正的姿势不到位，还挨过排长老郑一脚，完了是训话，老郑说：军人的荣誉是崇高的，这崇高从哪儿来？首先是你的仪表！啥叫英姿飒爽？啥叫钢骨铁梁？立正就是崇高的第一步，是基础，基础不打牢，你一辈子能崇高到哪儿去？

陈昆到底是崇高的，不然的话他不会接纳老郑，公司不缺像老郑这样的干部。

工会事少，就三·八、五·一、十·一搞搞文艺活动。这年头的工会，也就剩个招牌挂在那儿了，聋子的耳朵——摆设！

老郑不认为是摆设，老郑把个聋子的耳朵看得很认真。但那些文艺队员却不愿认真,大家都是从各办公室或车间抽出来的,一个草台班子凑一起乐和乐和,完了各自回去,谁不图过几天快活日子啊!

偏偏碰上了老郑!

彩排他是外行,可闲暇时分他就内行了,把文艺队员集合起来操练,立正,稍息,正步走!大伙叫苦连天,老郑很严肃,革命的文艺队伍,自然得有朝气蓬勃的生命力。歌里咋唱的?咱们的队伍像太阳,可没听说像夕阳的!

有人朝气不起来,叫苦,苦声传到了陈昆耳朵里。陈昆火了,陈昆不是挟私报复之人,还是拍了桌子,你不是喜欢喊立正吗?到保卫科去!

就这样,工会主席被稍息了!

现在是保卫科长老郑了,兵不多,一个班不到,连老郑才五个人。

五个人也是集体啊!狼牙山五壮士不就五个人吗?人家照样战斗得惊天动地!

每天的立正稍息正步走一点也不含糊,有交接仪式,碰上节日还升旗。路过公司的人都说,瞧这家公司,摊子不大,倒有气势!

陈昆有几次送客人到门口,保卫人员刷一个敬礼,报告领导,保卫科集合完毕,请指示!陈昆往往自觉不自觉双腿一并,右手上抬,一个标准的军礼回了过去。回完了,才想起头上没军帽,才想起自己这会儿的身份是经理,那句稍息便硬生生憋了回去。在客人的哄笑声中,陈昆免不了恶狠狠瞪几眼老郑,老郑一脸严肃地排在四个保卫人员中,也望陈昆,也不吭气,雕塑似的!

陈昆以后就不出门送客了,非送不可的客人呢,用车送。一句话,陈昆见不得老郑那直板板的身体,看了心里就憋气。

陈昆现在是中部崛起了,即便拼了命地挺胸收腹,也是不伦不类的样子,陈昆不想自己跟自己过不去。

老郑又一次稍息了,去仓库管发货。陈昆说得很诚恳,很语重心长,公司的家当全在你手里掌着,一点也稍息不得啊,老伙计!

仓库的货在老郑的眼皮底下,再也没有不明不白地流失!

老郑退下来不久,陈昆也退了,公司成立了老年俱乐部,打牌下棋钓鱼什么的。谁牵头呢?这可是吃力不讨好的差事,奖金没一分,还得起早贪黑服务,众老头一致推荐,老郑行!老郑有个好身体,扛得住折腾的!

到这会儿大家开始欣赏老郑的挺拔了!

老郑说,想要有个好身体啊,明早八点集合,听我的!

健康是老年人的财富呢!

八点,太阳刚露面,众老头聚在一起,老郑来了,穿一身褪了色的军装,嘴角含一枚哨子。

先排队,报数,十五人,够一个班了!

老郑讲立正的动作要领,示范,然后口哨猛一吹响,老郑喊:立正!

一干老头立马挺胸收腹,双腿并拢,手贴裤缝!

中间一老头肚子特显眼,半天收不回去,老郑火了,再吹哨子,中间那个,出列,跑十圈!

人出列了,是陈昆,现在的老陈。

其余的,稍息!老郑丢下这句话,三两步走到老陈前面站住了!

预备,跑步走! 一二一,一二一,一二三四——

操场上,老郑在前,老陈在后,跑成了一条线,身体渐渐重合成一个,直板板的!

神圣的炊烟

田际洲

　　抬起沉重的眼帘,他努力一望,只见一片白茫茫,还以为自己仍身在冰雪的世界,直到看清,那不是寒彻刺骨的冰雪,而是那洁白的毡房布顶。一挪身子暖暖的,他慢慢地移动目光,终于看到卓玛那张兴奋的笑脸。

　　一看到卓玛,他又仿佛回到三天前,就像看到那一抹洁白的炊烟,浑身充满了力量,感受到自己生命的存在,要勇敢活下去。她那婀娜的风姿,宛若雪域高原升腾起的袅娜炊烟。她用火一般的热情,唤醒一颗生命回归雪域,迈进边关。

　　见他醒来,卓玛那烙着两团格外打眼的高原红的脸庞,立即露出灿烂的喜悦,宛若一朵吐着芳香的格桑花。

　　双手捂着胸口,她长长舒一口气:"扎西德勒金珠玛米,扎西德勒金珠玛米……"

　　"弓卡姆桑,托切其,托切其!"挺挺身子,他吃力地回答面前的卓玛。

　　这时,他想起身来,卓玛上前,又扶着他躺下,叫他安心养伤。阿妈端进来一碗驱寒健骨的中药汤,卓玛拿起一柄铜勺,一勺一勺喂着他喝下,还一边安慰,不要着急,你的战友一看到咱的炊烟,就一定会找到这儿来。

　　中午的时候,卓玛告诉他,他的伤的确很重,腰部大面积擦伤,左腿骨折,还有几处冻伤。但只要好好地调养,还是没有大碍。

　　此时,他才发现,不知是什么时候,卓玛和阿妈给他的腰间敷上了活血散,左腿绑着接骨用的夹子,右腿上贴着伤骨膏。她们多次帮他擦洗身子,他自己竟全然不知,后来连上茅厕都是由卓玛背扶。

　　开始想战友了,他想打一个电话给排长。而手机曾放在驾驶台上,雪团像山一样砸在车上,车门一下子被砸开,他被掀了出来。求生的欲望迫使他

与冰雪抗争，离开了危险地段。要不就与自己驾驶的爱车一样，早被砸将下来的雪团掩埋，冻成一团大冰。

那天，他发现自己还活着，腿不能站立行走，就以手当脚，望着远远的一抹炊烟，一尺一尺地爬行，整整爬了两个小时，最后体力不支，晕倒在雪地上。是卓玛发现他，骑着一匹大马奔来，将他驮进了毡房，要不他早冻死在冰天雪地里了。

第二天上午，正如卓玛说的一样，排长和通讯员循着炊烟找来。他已在卓玛温暖的炕头躺了三天。排长没有批评他，只是通讯员一个劲地责备，说是连长下的命令，若是再找不到你一班长，马上就向营长打报告，追认你为烈士，处分排长复员。

听通讯员一说，他哭笑不得："要不是她们母女相救，我只能接受一名烈士的荣誉了，不过我不想现在就光荣，我还想在川藏线多干几年，随时看到卓玛和阿妈，看到她们母女平静地生活着！"

淌着热泪，他问排长："我的车和车上的物资损坏情况怎样？还有那个新兵战士，他有没有受伤？"

"我就是接到他的电话，并马上报告连长，雪一清除，车也拉到了兵站，汽车和物资的损坏都不大。你就安心养伤，团首长也表了态，说只要你还活着，这比什么都重要，还要给你记一次功。"拍拍他的肩膀，排长安慰着他。

顿时，他心里一热，仿佛有一股暖流涌上心坎儿，他想起卓玛和阿妈，是她们将自己驮回来的。卓玛骑着那匹雄壮的高原大马，连夜赶到羊八井，请来那名老藏医，帮他接上腿骨，还买了好些中草药，马上用铜壶烧熬。三天多来，她们母女给自己敷药疗伤，生活上细心照料。

他拭着模糊的双眼，他的泪流好像融化的冰雪一样，滚淌下巍峨的雪山，他深情地望着面前的卓玛和阿妈，激动得半天说不出话来。

临走之时，卓玛将一条洁白的哈达双手捧放到他的面前，叫他归队以后路过的时候，来她家做客，还说自己一定套一只野山羊等着他，烤给他吃，让他的身体更加健壮，抵御雪山上的高寒。

阿妈微笑着，颤巍巍地点燃房前一堆柴火。熊熊的火苗蹿起来，一抹洁白的炊烟袅娜地升起，宛若一条长长的哈达，飘绕到壮阔的雪域上空。那洁白、袅娜的倩影，徐徐变成了美丽的卓玛和阿妈。是她们燃烧的生命，赋予雪山高原火一般的情怀，温暖着咱们英勇的高原子弟兵。

三月过后，他重返川藏线，驾着一辆新卡车驰过那座洁白的毡房，看到袅袅腾起的炊烟,他就仿佛看到了卓玛那圣洁美丽的身影。他想起叨着扎西德勒金珠玛米的阿妈,那是老人在为我们子弟兵祈祷。他一脚将车刹住,立即并紧右手的五指,庄严地举上眉梢。

师长卖马

徐全庆

　　马队无精打采地向前走,全无一点战马的威风。也难怪,人每天都只能吃半饱,哪有粮草喂马呢?赶马的司务长也是垂头丧气的样子,步伐显得十分沉重。

　　师长喊住司务长,说,怎么,舍不得这些马?

　　司务长点点头,说,它们可都是咱们的宝贝呀。

　　可咱们也不能让战士们饿着肚子过年呀!抓紧时间把它们全卖了。师长这样说时,语气非常坚定。

　　司务长应了一声,继续往前走。师长柔柔的目光抚摸着那些马儿,突然,他又喊住司务长,问,怎么只有十二匹马?我那匹白马呢?

　　司务长用乞求的目光望着师长,说,咱总得留一匹马呀。再说了,那匹白马可是立过无数战功的呀,还救过您的命呢,求求您留下它吧。

　　胡闹。师长的脸严肃起来,指着那十二匹马说,它们哪个没立过战功,单单留下我的马,其他人怎么想呀?拉去一起卖了。这是命令。

　　太阳落山时,司务长回来了,十三匹马卖掉了十二匹,只有师长的白马没有卖掉。师长疑惑地望着司务长,问,这匹马会没人要?

　　没有人肯买我有什么办法?司务长不看师长,低着头嘟囔道。

　　明天再去卖。师长说,语气十分坚定。

　　第二天仍没有卖掉。

　　第三天也没有。

　　师长纳闷。司务长再去卖马时,师长就偷偷地跟着。有人问价钱,司务长没好气地说,两千块。那人摇摇头,走了。师长走过去,盯着司务长说,两千块,你以为你卖汽车呢?再有人来买,只准要六百,多一个子儿都不行。

师长说完,又狠狠瞪了司务长一眼,才转身离去。

晚上,司务长又把那匹马牵回来了。司务长说,六百也卖不掉。

师长说,明天再去,卖五百。

可仍然没有卖掉。

价钱一降再降,可那匹马却一直没有卖掉。

就有人议论,说师长并不是真的想卖马,只是做个样子。

师长生气了,亲自去卖马。

师长牵着白马站在路边。很多人都主动和他打招呼,可没有一个人买马。师长更加疑惑。

这时,一个操着河南口音的商人走过来,师长拦住他问,买马吗?那人打量了一下师长,又打量了一下白马,问,多少钱?

二百块。师长说。

二百?那人以为自己听错了,这么好的马只卖二百?我买了。那人说着连忙掏钱。可却发现没有带钱,满脸遗憾地说,我身上只带了一点零钱。

师长问,零钱有多少?

只有三十多块钱。

行,卖给你了。师长说着把马缰绳递给那人。

那人一脸惊喜,连忙把一把零钱塞到师长手中,抓过马缰绳就要走。

站住。躲在一边的司务长跑过来,大喝了一声。

那人吓得一哆嗦,马缰绳掉在地上。司务长说,你知道这是谁的马吗?这是我们彭雪枫师长的马,彭师长还得靠它打鬼子呢,你怎么舍得买彭师长的马?

那人望着师长,问,您就是曾经驻守在河南桐柏山下的彭雪枫师长?

师长点点头。

那人把马缰绳递给彭雪枫,您怎么可以没有马呢?这马我不能买。

彭雪枫把马缰绳又塞到那人手中,说,这马已经卖给你了,我再把它要回来,那我彭雪枫成什么人了?彭雪枫说完,快速离开了。

第二天天刚亮,彭雪枫突然听到一阵战马嘶鸣声。彭雪枫正在发愣,卫兵来报,咱们卖出去的十三匹战马全回来了。

彭雪枫跟着卫兵去看,只见十三匹战马昂首立在风中。他那匹白马背上有一封信,信上说:彭师长,我把这十三匹战马全买回来了,现在再卖给您,您要付给我的是日本鬼子的人头,越多越好。

最后的熄灯号

徐国平

清明前夕，一场春雨淅淅沥沥了一夜，将整个孟良崮滋润个透。

号爷早起推开屋门，雨已歇。他贪婪地嗅了口清新的空气，舒展了几下残存的左臂，连喊了几声，好雨，好雨啊！

接着号爷返身从墙上操起那只系着红绸泛着古铜色的军号，背起放在桌子上的那退色的旧军用书包，沿着那条明净的山溪缓缓地向崮上那片茂密的松林晃去。整个静寂的山崮，只闻水声，风响，鸟鸣。松软的地上萌生出的茸茸草芽儿，玉翡翠般打湿了他的裤角。号爷对这里的一草一木熟悉在心，他瞧着，摸着，不知不觉就来到了崮顶朝阳的那片墓地。

墓地其实被一大片松林很隐蔽地守护着。墓地中心高耸着一块汉白玉石碑，碑座上雕刻着密密麻麻的数行小字，虽经风蚀雨浸，却清晰依旧。

号爷肃立在墓碑前，又犹同面对着一个个鲜活如生的战友，他张开嗓门喊了声：伙计们，又是一春，咱们起床喽——随后用左手郑重地将那只军号举在嘴边，他的动作依旧是那样娴熟而一丝不苟，哒，哒哒啦——

此刻，他的眼前那些无法穿越弹雨的战友又仿佛站立起来，在他那激扬嘹亮的号声中满身血迹和征尘，微笑着向他缓缓走来，他又痴痴地喊起那些熟悉的名字……

号音在山崮间回荡很久，渐渐静寂下来。早春的晨风开始轻拂着号爷空洞的右袖。号爷咳嗽了几声，感到自己有些力不从心，缓缓放下军号，疲惫的身子依偎在墓碑上短促地喘着气。过后，他俯身开始逐个抚摩起碑座上那些排列整齐的名字，一边抚摩一边喃喃自语。当做完这些，支离的云层透出万道火红的霞光。号爷盘腿坐在墓碑下，放好书包，望着崮脚下那条通往墓地的窄窄石路，像是在等候什么人。

号爷清楚地知道,那场血战下来,战友幸存无几。六十多年过去,如今就剩他跟老连长尚在。老连长早已成将军,每年清明节,将军都要从遥远的城市来到号角崮,并随身带来两瓶茅台酒,端过号爷早准备好的酒杯斟满,洒在一座墓前;再斟满一杯,洒在另一座墓前。就这样一杯一杯,一座一座,祭奠完最后一座,将军总是将瓶里剩下的最后一杯酒自个儿仰首喝下。喝完,他把杯底冲众墓碑一亮,一腔真情地说:诸位,难得一聚,咱们谁也甭客气! 接下来再听号爷在崮顶吹奏一阵冲锋号,几十年的情谊在他们之间已沉淀为一种默契。将军不止一次对他讲,不是咱们命大,咱们能活下来全是这些倒下的战友用命换的,老伙计,我要是走在你头里,一定埋在孟良崮,我要到他们那儿归队,到时你可甭忘了给我吹段熄灯号啊!

号爷也清楚地记得,自己当年是抽着两溜长鼻涕,赤着脚丫,哭闹着非要当八路。他个子矮,将军当年还是排长,就让他当了司号员。将军不止一次说军号是队伍里的魂,千万不能小瞧它。号爷永远也忘却不了那场歼灭敌74师惊天地泣鬼神的血战。当时他们连担任主攻任务,那天他手里的军号就一直没间歇过。无数战友在他激昂的号声中英勇无畏地冒着枪林弹雨冲锋陷阵,前面的悲壮倒下,后面的继续向前。后来他的右臂被炮弹炸飞了,他醒过来捡起军号,又用左手坚持吹下去,嘴里都吹出了血。崮顶前倒伏的战友尸躯同那天血红的残日从此永远定格在他的记忆深处。他接下来没有留在将军身边,他说自己失去了一只胳膊无法当兵打仗,执意留在孟良崮,他要用自己的余生来陪伴那些长眠在此的战友。

唉! 转眼间六十几年过去了,自己怕是也快要归队了。可自己走了,又有谁来给自己吹段熄灯号呢?

临近正午的时候,崮下缓缓上来一长队人,准是将军来了。号爷猛地立起,转身对众墓碑亮足嗓门,喊:咱们的老连长来了! 只是号爷渐渐看清那队人里,并没有将军熟悉的身影,为首的人却一脸肃穆地捧着一个盖着鲜红军旗的黑色匣子。号爷霎时就明了,难道将军他……果然是将军去世了。将军的遗属对号爷悲痛地说,将军留下遗言,死后自己的骨灰一定要撒在孟良崮,而且还要请号爷吹奏一段熄灯号送送他。

号爷的脸上没有痛苦,也没有眼泪。他只是颤抖着那只左手,像往昔跟将军握手般抚摩了一下那个满盛着将军英灵的匣子,许久才自语道:老连长还是走到俺头里来归队了。随后,他摸起插在腰间那只陪伴了自己大半生的军号,转过身,头也不回地疾步向崮顶攀去。

正当那些人满怀敬意地开始把将军的骨灰散撒在崮坡时，骤然从崮顶传来一阵低缓悠扬的军号声。这正是标准熄灯号音！那些前来为将军送别的军人闻声都肃然起敬。

号音散尽，山谷空静。但见号爷挺直身杆，依靠在一株苍劲的柏树下，左手依然把军号高举在嘴上，雕塑一般与整个山崮在早春的阳光照耀下，融为一体。

人们走到近前，发现号爷已瞑目而眠。这时候人们才恍然明白，号爷在为将军吹响熄灯号的同时也为自己吹响了最后一声熄灯号。

军刀

徐国平

　　那年我刚分到县里工作，领导就交给我一个任务。

　　由于我熟悉路，一帮人便随我来到了那个偏僻的山坳。这么兴师动众，要找的人其实就是我的老姑父。

　　老姑父早年在国民党部队打过鬼子，伤残后一直住在乡下。

　　多年不见，老姑父老了许多。他缓缓从屋里出来，弓着身子，左手拎着那把用红绸包裹着的刀。他的整个右臂没了，袖子空荡荡地随风甩着。

　　老姑父缓缓揭开红绸，露出那把刀。

　　那是一把日式军刀，一条黑不啦叽的弯钢片。再细细端详，刀身上不多的铭文和标记，依稀可见，记载着这把刀是当年日本第一大武士柳生家族打制，至今已有三百七十岁。在日本，它已是国宝级的一流古刀。

　　关于这把刀的名气，我还是以后知晓的。老姑父现在是这把刀的主人。

　　老姑父俯下身，将耳朵和鼻子贴向刀身，好像在嗅闻着那些早已随风流逝的悲壮岁月。我跟县里的一帮领导站立一旁，鸦雀无声。

　　那家伙不死心，又把你们给搬来了啊！老姑父开口一句话就把我们噎住了。

　　其实，我们正是来给柳生井二当说客的。日本柳生株式会社要在县里投巨资。董事长柳生井二额外提了一个条件，要县里设法帮他寻回一把军刀。也不知柳生井二从何打探来的消息，先前找过老姑父几回，并出重金百万，要买回他家族的遗物，可都吃了闭门羹。县领导很为难，可为了完成招商指标，领导想到了我。

　　小时，我常住老姑家。老姑父少言寡语，性子很古怪。记得，一次随他下河游泳，见他身上有数处狰狞的伤疤，我便心存畏惧。他却轻淡地说，都

是打鬼子的战利品。老姑父还有个雷打不动的习惯。每天早起，都要去几里远的山坡。我去过几回，山坡上好像有座无名的墓茔。老姑父盘坐墓前，默默抽着旱烟，形同守着一些活生生的人。

一个雨后的早晨，老姑父一脸肃穆地告诉我，墓里埋着他八个弟兄。接着他从一堆杂物中，翻出一把红绸包裹的军刀，讲起一段惨烈的往事。那是跟日寇最后一次血战，敌我双方都杀红了眼。一个日本军官挥着这把刀跳出残破的掩体，号叫着抢了起来，老姑父排里有八名猝不及防的弟兄，就死在这把刀下。老姑父愤怒之下，挥舞着大刀迎上前。那个日本军官的武艺很高，把老姑父的右臂也砍断了。老姑父杀红了眼，全凭一口气血，硬将那个日本军官杀死。战后，上司将那把日本军官的军刀奖赏给了老姑父。

老姑父一直忘不了那八个战友，执意守护起他们坟冢。

有好长一段日子，那把军刀还有那座坟茔给老姑父带来了很大的灾难。那些变得狂热的人三番五次来抄家和揪斗老姑父，硬说那把军刀是阴谋变天的罪证，而且要铲平那座坟茔。

老姑父受尽侮辱，费尽心思，最终将那把军刀和坟茔保存下来。

此刻，老姑父面沉似铁，操刀在手。由于岁月的锈蚀，刀锋已显得黯然无光。

迫于领导的情面，我还是硬着头皮，说明意图。

老姑父待我说完，狠狠瞪了我一眼，当众斥责道，他们不知道，难道你不知道，这把刀上沾着我八个弟兄的血吗？显然老姑父过于愤慨，剧烈地咳嗽了一阵后，单手将刀在空中一挥，说，你们只会轻率地劝我还给他，可想过没有，这把刀是那场战争的见证啊！为了那场战争，有多少条性命在亡国边缘血战了八年啊！对于胜利，可以忘了，可对于耻辱难道也忘了吗？

说着，老姑父几滴悲怆的清泪从深陷的眼窝吧嗒落下。

那天，我们都怀着一种沉重的心情，灰溜溜地告别了老姑父。

柳生井二仍不死心，他又来到老姑父的门前，长跪不起，只求祭拜一回那把军刀。

老姑父总算答应了他。柳生井二双手戴上洁白的手套，郑重地从老姑父的手里接过那把军刀，然后双膝跪地，双手将其举过头顶，就同祭拜他先人的一种灵魂。

柳生井二还是在县里投了巨资。

后来，县里出面修缮了那座坟茔，并竖了一块抗日八壮士的纪念碑。老姑父却病倒了,被市里专门接到了疗养院。

老姑父时常昏迷,反来复去呢喃着,我的刀,我的刀。

医生只好让我将那把军刀放在他病床前。后来,我又遵从老姑父的吩咐,特意买了一盘抗日歌曲的碟片。

护士发现,只要放起《大刀进行曲》这首雄壮激昂的歌曲,老姑父就会从弥留中清醒过来。

老姑父还是在 2005 年的秋天悄然逝去了。

那天刚好是抗日战争胜利六十周年的纪念日,一大帮记者跟我联系好,正准备去采访他。可他们去晚了,只能参加老姑父的葬礼。

遵照姑父临终遗言,告别仪式上,没有奏哀乐,而是奏响了他生前最喜欢听的《大刀进行曲》。

数日后,我又看见了那把军刀,它静静地躺在抗日战争纪念馆的玻璃柜里,在灯光的映射下变得锋芒毕露,那是一道历史的寒光,刺进每个参观者的心里。

上帝不会少给你一种色彩

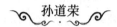
孙道荣

十字星。他屏住呼吸,瞄准,扣动扳机。一团绿色,应声倒地,悄无声息地淹没在周遭绿色的海浪中。

这是一场狙击战,热带草原,因为战争,处处暗藏杀机。为了争夺这块战略要地,双方展开了持久的攻坚战,都伤亡惨重。攻坚战转为拉锯战。茂密的、绿油油的热带草原,成为天然的掩蔽所。双方都将自己的狙击手布置在阵地前沿,伺机歼灭敌人的有生力量。

他是一名狙击手。虽然入伍才一个多月,在他的枪口下,已经有十二名侵略者被击中。在热带草原绿色的波涛中,他能一眼就分辨出钢盔和迷彩服的绿色与草地的区别,那是两种截然不同的绿色:一个稍深,一个稍浅;一个稍亮,一个稍暗;一个是鲜活的,一个是死寂的。他清楚地看出它们之间的区别,因而,他总能够轻易地将埋伏在草丛中的敌人给甄别出来,然后,一枪毙命。

一团团潜伏的绿色,被他识别,看穿,歼灭。他就像一个老练的农民,果断地从庄稼地中,揪出稗子,将它们拔除。这些侵略者,烧毁了他的家园,屠杀了他的亲人,他们就是人类的稗子。他想。

在所有狙击手中,他不是枪法最准的狙击手,也不是埋伏得离敌人最近的狙击手,但他却是最成功的狙击手。他成功的秘诀就是,能从绿色的草丛中,找到埋伏着的伪装得与草地一模一样的敌人。而他之所以拥有这个独特的能力,是因为,他是个色盲。

没错,他是个色盲患者,一个绿色盲。也就是说,他完全不能分辨淡绿色与深红色,紫色与青蓝色,紫红色与灰色的区别。

色盲让他痛苦不堪。

因为不能辨别一些颜色,从小,他就为此吃够了苦头。

过马路的时候,他无法识别红绿灯。当走到有信号灯的路口时,他只能根据来往的车辆判断是不是绿灯,或者小心翼翼地跟在其他人的后面,穿过马路。有一次,他看见一个大人飞快地跑了过去,自己也跟着向马路对面跑去。突然,一声急刹车,一辆侧向行驶的小车,在离他不到一米的地方停了下来,司机怒骂他为什么闯红灯。他吓出一身冷汗,原来刚才那个大人是闯红灯的。

有一天,早上起床的时候,因为感觉有点冷,他随手从衣柜里翻出了一件灰色的外套穿上。上学的路上,路人都以异样的眼光看着他。到了学校,同学们见到他的穿着哄堂大笑。一个要好的朋友将他拉到一边,问他,怎么穿了一件紫色的女孩的外套? 他这才明白,是自己慌乱之中,没有辨别出衣服的颜色,他羞得无地自容。

最让他难堪的,是在一次绘画课上,老师让孩子们画一幅春天的图案。他画了草地,大树,房屋和太阳。老师让每个人展示并说明自己的作品。他向大家介绍,自己画的是绿色的草地,青色的树冠,黄色的屋顶,红色的太阳。片刻的停顿之后,教室里突然爆发出惊天动地的笑声,原来他把颜色涂成了棕色的草地,浅棕色的树冠,黄色的屋顶,灰色的太阳。美术老师给了他八十分,并告诉他,你虽然不能分辨一些色彩,但你要坚信,上帝不会少给你一种色彩的。

因为色盲,很多专业被限制,他不得不放弃了继续求学,中学一毕业,就跟着父亲做了一个农民。战争爆发后,他像其他热血青年一样,报名参军。但是,体检时,因为色盲,他被淘汰了。同龄人光荣地为国而战时,他却只能默默地耕田劳作,他恨死了自己的眼睛。

正当他心灰意懒时,部队特招一批狙击手,其中竟然也包括色盲患者。他被选中,经过培训后,被派往了前线。因为绿色盲,他意外地获得了一个特殊的能力,就是从绿色的草丛中,分辨出伪装色和绿草的些微区别,因而准确地判断出敌人的方位。

战争结束后,他被授予了英雄勋章。作为狙击手,他一共成功地击毙了三十八个敌人。他的名字叫宾得,二战时盟军一名优秀的狙击手。

敬礼

佛 刘

夏天的时候,父亲忽然打来电话,父亲说,你能回来一趟吗?你全志叔的坟找到了。父亲的声音很平淡,可是在他平淡的语调背后,我却感到了他有意的克制。

怎么找到的?我吃了一惊。李全志死于解放战争年代,埋在哪里根本无据可查。这么多年,父亲一直都在寻找,可每次都是失望而归。

父亲说是他的一个战友在一个旧物市场发现了一本解放战争年代的战士阵亡名录,而上面恰巧就有父亲所在部队的番号。顺着那些番号和相关的记录,父亲的战友看到了李全志的名字,并按图索骥,找到了李全志的墓地。

父亲说,你回来吧,我们一起去给他上个坟。

我说,等等不行吗?我这一段时间正好有业务。

父亲说,不行,你要是可怜你爹,就回来一趟。

父亲一直就这么个脾气,逢年过节,他总要打电话说,你要是可怜你爹,就回来一趟。他有什么可怜的?不过是年纪大了一些,就有了资格。

小时候父亲对我一直很宠爱。我说骑在他的脖子上玩,他不管多累也会高兴地满足我。邻居家有棵杏树,每年麦收时节,我说想吃杏,他二话不说厚了老脸去央求邻居,弄得邻居老不愉快。有一次他无意中听到别人说我姓李不姓张时,他竟然跟人家翻了脸,如果不是有人拉着他,那人肯定是少不了挨一顿拳脚的。

我记得母亲去世前夕,曾拉着父亲的手依恋地说,儿子就交给你了,我这一辈子算没有白活。母亲还想说什么,却被父亲用眼神制止了。父亲一手拉着母亲的手,一手抱着我,他的泪水滴在我的脸上。父亲说,你放心地去吧,只要我还有一口气,我就会继续去寻找他的。

一晃儿,十几年过去,我大学毕业参加了工作,现在已经是一家企业的管理人员了。平时父亲总是有意无意地嘱咐我,如果有时间就帮他找找李全志。可是我那么忙,根本就无暇顾及到这些,没想到,李全志竟然被他们找到了。

我请了假,然后打点行装,我不得不可怜我爹。

七月的天气,酷热难耐,当我一身汗水地赶到家里的时候,父亲已经在等着我了。我看着有些陌生的父亲,不知道他怎么会把多年前的旧军装翻出来穿在身上。

我说,天这么热,明天再去吧。

不,父亲说得很坚决,今天就去。

我奇怪地看着父亲,汗水已经把他的旧军装弄湿了一大片。

李全志的坟地距我们村庄很远,如果不是有堂兄的汽车,在这样的天气,我真担心父亲会中暑。父亲一直说着没事,还不时地正正自己的军帽,仿佛在赶赴一场严肃的约会。

车在一处长满野草的土坡前停下来。如果不仔细分辨,根本不会知道在这些绿色的野草中间还隐藏着这么多的秘密。显然那些地方被重新整理过了,草清了,坟头新了,还立了碑,说不定用不了多久,这些坟就会被迁移到烈士陵园。

父亲一看见那些坟头,眼圈就红了。我知道他内心的伤痛,在这样的时刻,说什么都是多余的。

我曾在父亲的日记中读过他和李全志的生死友谊:战斗很艰苦,双方都杀红了眼,连枪管都红了。我被击中了腹部,躺在地上不能动弹,当一颗炮弹飞来的时候,李全志奋不顾身地压在了我的身上。我在爆炸声中昏了过去,当我醒来的时候,已经在一个临时的救护所了。此后,我再也没见过李全志,战友们都说李全志牺牲了,但我不相信,我想他一定还在战场上……

在李全志的坟前,父亲说,儿子,你跪下。

我诧异地看看父亲,在他不容违抗的目光注视下,我跪了下来。

父亲说,老弟,我把你的儿子带来了,你睁开眼睛看看吧。

爹,我扭转头疑惑地看着他。

他才是你爹,父亲用手指着李全志的坟,他才是你真正的爹。

我的大脑轰的一下,仿佛有什么在耳边炸开了。

儿子,给你爹磕头。

我一边磕头,一边悄悄地流眼泪,这么多年,我一直都没有发觉过父亲的异样,他爱母亲,也爱我。可是在他的心里,却一直埋藏着这样的一个心愿:帮我找到我爹。

我的任务终于完成了,老弟,我可以放心地去看你了。父亲对着坟头行了一个标准的军礼,他苍劲的动作点燃了天边的红霞。

我对着父亲也敬了一个庄严的军礼。那一刻,苍山如海,残阳如血。

往事如歌

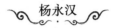

杨永汉

　　老人已经九十五岁了,身体大不如前,最近一直郁郁寡欢。儿子看到他满腹心事,就坐在床头询问道:"老爹,你是不是有什么心事?"

　　思谋许久,老人方告诉儿子,最近想去一趟云南的打算,这是他埋藏在心中日久未了的心愿。

　　儿子虽然在部队工作,担任着一份要职,但是对于父亲这份心愿还是颇为作难,因为此去云南数千里之遥,父亲年事已高,他的身体能行吗?但是父亲再三坚持在离开人世之前一定要去一趟。

　　尽管儿子很作难,最后还是答应了父亲这一并不过分的要求。

　　两个月后,儿子请好了假,带上一位随行医生和一应物品出发了。

　　老人名叫张希贤,1942 年春天随着国民党杜聿明第五军第 200 师,作为中国远征军第一批部队,自 3 月 8 日在国内启程。当时,他是 200 师的一位排长,跟随该师师长戴安澜奉命以先遣部队去往前线。3 月 20 日到达缅甸北部重镇冬瓜(亦称同古)后,很快陷入腹背受敌的境况。日军在数个阵地发起进攻。面对数倍于己的日军,战士们都写下了"拼死一战,誓与同古共存亡"的遗书。历经十多天的保卫战,张希贤他们的部队,终于战胜了数倍的敌人……随后,张希贤所在的部队继续进发,沿途冲破了几次日军猖狂的阻击,为后续部队的迂回作战赢得了时间——后来,张希贤所属的十多人与大部队走散,又被其他部队所收留,辗转多处……等到日本鬼子投降后,张希贤所在的部队于北京投诚,他从一个中校升格为少将。离休的时候,他已经是某军区的中将。

　　张希贤退休后,多年间养花莳草跑步做操,生活很有规律。但是自从翻越了九十五岁这道门槛,他无数次地做梦,脑海不断闪现那场同古保卫战的

惨烈情景……最令他难以忘怀的是，有一位叫程武远的河南籍战士，为了救他，冒着日军凶猛的炮火，一个人冲进包围圈边掩护边撤退，就在拐进一处松林的时候将他抢救了出来，而程武远却被敌人的弹片击中。就在他倒下的那一刻，还在大声呼喊张希贤，赶快冲出去，赶上大部队。张希贤虽然得救了，而程武远却英勇献身。那时身为排长的张希贤，又要执行紧急任务，奉命转战，而程武远的情况他也是在后来听说的，程武远被后续部队就地掩埋……新中国成立初期，听外事部门说，当年在缅甸的中国远征军战死的勇士们，有的被安置在了云南边界，有的被送进了缅甸当地所设的中国军人烈士公墓……

经过一路颠簸到了云南的腾冲后，张希贤告诉儿子，到达腾冲并不是他最终目的，他的愿望是经此去往缅甸的北部小镇同古，故地重游。

这位离职多年的将军为什么突然萌发了这样的想法呢？

起因在于不久前他所看到的一档电视节目。那上面报道了二十世纪四十年代初期，中国远征军在缅甸阵亡的一些烈士的消息，画面展现的那些烈士墓地非常凄惨，有一些几乎无人看管，上面荒草萋萋惨不忍睹。那可是六万多为国捐躯的英勇的将士呀！这一切勾起了他的深切思念，他决心前去看看以程武远为代表的那些死去的将士们如今身后的现状。

在云南腾冲稍作停留后，儿子办理了去往缅甸的有关签证，他们就乘上了一辆汽车。经过三天的行驶，到了当年曾作战过的缅甸同古。通过当地华侨的帮助，他们终于找到了有关程武远的一些线索。据有关资料记载，当年的抗日烈士程武远比起好多人来说算是幸运的，他起码还保留着一线讯息，目前遗骨在一个叫作青雨的公墓里安葬着。

驱车赶过去一看，这处所谓的墓园很小，无人看守也没有院墙。墓地残存着二百多处坟头，但都没有石碑和碑刻记载。园内到处破败不堪，仿佛很久也无人到此浏览一眼了。

面前这一派凄凉的景象，使得张希贤这位在战场上一滴泪也不流的硬汉，顷刻间泪如雨下。随后，他脱掉洗得退色的军帽，深深地鞠了三躬。儿子也深深鞠了三躬。

此刻，张希贤老人面对大片的坟头，深情地喃喃说道："程老弟，我对不起你呀！对不起你们这些当年为国捐躯的抗日将士啊！快七十年了，我还在苟延残喘地活着，有名望，有地位，而与你们相比，我却深有愧疚——"说罢，他却双腿一软，面对大片的荒坟，跪下了。

一旁的儿子急忙去拉他起身，张希贤老人却执意长跪不起。他说他要多跪一会儿，以此洗刷自己的罪孽……

之后的几日里，张希贤老人命儿子出资，让当地人铲掉了坟场内的所有荒草、荆棘，并出钱请了当地一位土著照看这一片坟墓。

回到居住的城市，在张希贤将军的催促下，他的儿子写了一份长达七十多页的报告，将这次去往缅甸的见闻和观感尽数写明，并再三陈述建议：应该把那些长眠在异国他乡的英灵迎回故土安葬。

三个月后，在同古和程武远一起阵亡的所有将士的遗骨，都分别迁回了云南边境所特意设立的烈士公墓。躺在病榻上的张希贤将军从儿子的口中得知这件事情落实后，咳嗽了一阵，以微弱的声调哼唱起了一首歌曲：

……

归来夹道万人看，朵朵鲜花掷马前。

门楣生辉笑白发，闾里欢腾骄红颜。

国史明标第一功，中华从此号长雄。

尚留余威惩不义，要使环球人类同沐大汉风！

用尽毕生的力气，断断续续哼唱完这首中国远征军军歌后，张希贤将军脸上露出了一丝欣慰的笑意，随后，他永远地闭上了眼睛……

遗物

娄喜雨

　　子弹嗖嗖地在耳边响。炮火不时在身边掀起一个又一个土坑。秋娃与海爷慌慌张张从虚土中抬起一名伤员,将其往担架上一放,抬腿就跑——这是他们第十一次抢救伤员了。他们下了山坡转过一道丛林时,敌人的炮火又蔫倒了。我军的重机枪也跟着熄了火。战场上宁静下来。

　　秋娃紧赶着碎步,忽地眼一黑腿肚子一软单腿跪倒了——他们已经两餐未吃,身子虚得像子弹射出后从枪管里带出来的萦绕的无力的烟一般。

　　两人都预感到什么。秋娃打量着这位与自己年龄相当的同志:一身灰军装;右下腹被血洇红已有碟子那般大,上面所沾的灰土已成红褐色;两手紧紧攥着石头屑儿;因脸伏在地上,背部已被浓黑的硝烟留下了印记;一张稚气未脱的脸,胡须刚刚发芽,只是浅浅的一抹。

　　"他死了。"海爷扫了一眼说。

　　秋娃像渴盼出现什么奇迹似的还是用手在他的口鼻上试了试,继而又摸准胸口停了一会——一点游丝的气也没有了。他茫然地盯着海爷。

　　"唉,又死了一个。"海爷疲乏地瞥了他一眼,手从胸袋里摸出黄烟袋。

　　"海爷!"秋娃眼睛一亮,惊喜地叫道。

　　"海爷,他胸口还有点热——"秋娃脑里仍藏着一种侥幸。

　　"你认识他?"海爷说。

　　"嗯,他还是我的一个朋友。"

　　秋娃不知怎的眼里浮出泪花——他们担架队在听候命令时,前边的部队已经出发了。在他眼前曾闪过一张张朝气蓬勃的脸。至于这位同志,他实在记不起来,只知道,他是那么多娃娃脸中的一个。可是现在,他感觉与他们早就熟识,像儿时的同伴一样。于是,心里顿时沉重起来。

海爷抬起头欲说什么,又若无其事地吧嗒着烟。

秋娃的手轻轻地将这位同志眼睛合上,接着抽下汗巾,认真地擦拭着,继而将他的头端正,取下他的帽子拍了拍,重又给他戴上,之后又用汗巾轻轻拭去他衣服上的尘土。这时,秋娃发现他胸袋里鼓饱饱的,便转过脸用眼神向海爷询问。

"既然是你朋友,你就看看他身上还有什么遗物吧。"

秋娃小心地解开纽扣,用手摸出东西——是一张叠着的纸。他打开纸,纸当中放着一枚银元;纸上用铅笔歪歪扭扭地写着——

同志:谢谢你为我处理后事。这一枚银元算是对你的报酬,请务必收下。

王小泉

民国三十六年十月二日夜

秋娃将东西转到海爷手上。海爷看了看,重新包好。秋娃又从他的另一边口袋里取出一件东西:一小方宣纸包着一绺乌黑的头发,纸上写着纤细的蝇头小楷——

泉,你在我心中永远流淌!

小云

民国三十五年孟春

"这是他相好的。"海爷说。

秋娃按原样折好。他默默地想:天各一方的云会知道吗?不知道。云要是知道呢……他别过脸,泪水滚落下来。

"他,对你说过他女人的事?"

"说过。他说,等全国解放后就回家与小云完婚。"

"小云,这女伢可还是在家等着呢。"海爷走近前俯下身将两样东西放入原袋中,接着叨叨,"等着他回去与自己成亲哩。"

这时,炮火重又毫无目标地在荒坡上爆炸起来。山头上的几挺机枪紧跟着响成一片。硝烟再次涌起,如雾一般弥漫开来。

"走吧。"海爷双手已抬起担架一头。

两人重又小跑起来。按照队长命令,担架队只抬有气的,不抬没气的。海爷是帮他的小兄弟抬他的朋友,因为这位小兄弟的朋友尚未全部死去,他还活在远方那个女孩的心中……

砍头游戏

蓝 月

　　小时候,村里的孩子们喜欢玩一种"砍头游戏"。剪刀石头布,最后输的就要被"砍头"。小孩子伸出巴掌,五指并拢,说砍头了,嘴里发出"咔嚓"的一声。脚下不管多污秽,被"砍头"的小孩子就很逼真地直挺挺倒地。

　　这个游戏大都在孩子们之间玩,李大头是孩子们唯一可以玩砍头游戏的大人。李大头,过来。李大头就过去,孩子五指并拢,嘴里喊着"咔嚓",李大头就倒地不动了。孩子们一哄而散。李大头起身,摸着后脖颈子,好像真被了一刀。

　　李大头咧咧嘴,我是真该砍头的人哩。

　　这李大头是傻子吧? 错了,李大头非但不是傻子,还是一个征战过沙场的传奇人物。而正是因为那场战役,李大头扣上了难以打开的心结。

　　褐红色的土地上到处是弹头、弹片、弹坑和横七竖八缺胳膊少腿的尸体。散落的枪杆早已扭成了麻花,空气里充斥着弹药、血腥还有烧焦的泥土的味道。

　　李大头被压在尸体下面,苏醒的瞬间,他碰到了坚硬的刀柄,眼睛顿时有了灼灼的光芒。这把刀伴随他南征北战,不知道砍掉了多少敌人的脑袋。刀刃卷了磨平,磨平再卷,卷了再磨平。刀几乎成了他身体不可或缺的一部分。

　　他听到了小心翼翼的脚步声、喘息声和低低的呜咽声。

　　不争气的东西! 他在心里暗暗不屑地骂道。透过尸体的缝隙,他看见两条纤细的腿,穿着土黄军服。妈的,小鬼子!

　　他一跃而起,手中的刀也顺势举起。黄军服显然被吓到了,嗷的一声抱住脑袋滚到一边。

没出息的小鬼子。他撇起嘴笑了，就这熊样还出来打仗，今天你爷爷就送你回老家！他再次举起了刀，刀的光芒映射在黄军服的脸上，白刷刷的。黄军服闭上眼睛，仰起脸，嘴巴里喃喃叫了声"妈妈"泪水将他满是污垢的脸冲出一道道印痕。

还叫妈妈？真像个孩子。他在心里再一次鄙夷起来，目光傲然地注视他。

突然，他发现这是一个手无寸铁的兵，不，他根本就是个孩子，十四五岁的样子。这孩子嘴唇干裂，腰间的皮带松松垮垮的。他能够想象衣服里面的嶙峋瘦骨。

他的心突然抽搐了一下，擎着大刀的双手也有了微微的颤动。

你滚吧，快滚！他背过身子，把大刀狠狠地插向地面。

黄军服赶紧爬起来，却像得了软腿病一般东歪西扭。

他从口袋里掏出半个干硬的馒头，给黄军服扔在地上，然后拔了大刀一瘸一拐地走了。

战斗胜利后，他被授予三等功。站在领奖台上，他流泪了，他说我不配。

他在组织面前坦白了自己私放敌人的事实，要求组织给予处分。功过两抵，部队让他复员回老家。

于是他又变成了农民。

农民的身份让他幸福而满足，他把刀深深地埋在了院子里的枣树下，他点燃三支香说伙计，这辈子我都不会用上你了。

然心中一丝不安却始终萦绕心头，挥之不去。

终于，他被揪了出来。

李大头，李拐子！别以为你打仗打瘸了一条腿就是大功臣了，你放走了一个日本兵就等于杀死了无数个中国人。砍你十次头，枪毙你一百次都不过分。

他也不辩解，低着头说我有罪！我确实有罪！

他认罪态度诚恳，一点不掺水分，主动进了牛棚，脏活累活抢着干。就冲着他这个认真认罪的态度，他倒也没有吃太大的苦头。只是每次他都会被拉去陪毙，或者谁不高兴了就可以用手掌砍他一刀。他也是非常配合，抻长了脖子，就像一只待宰的鸭子。

后来，给他平反了，都说他是抗日英雄，没有人再敢和他玩砍头游戏。李大头时常摸着自己的脖子，说不得劲，不得劲。李大头扯住自己的老婆不

让走,非让她砍自己一刀。老婆端着碗,用筷子在他脖子上轻轻来一下,不耐烦地说,咔嚓。李大头就觉得舒坦多了。

十年后,小镇来了个日本人。说是来镇上投资办学校,说是来感谢寻找当年的救命恩人。

镇里人带着日本人找到李大头的时候,李大头已经病重了。

日本人弯下腰深深地鞠了一个躬,连比带画说当年要不是您刀下留人,就没有今天的我。要不是您那半个馒头,就算您不杀我,我也会饿死的。

李大头苦笑着说,为了你我可是被砍了无数次头啊。现在我能不能向你提一个请求?

日本人说,哈伊,您尽管提。

李大头说,能不能让我砍你一刀?

哈伊,哈伊,日本人连连点头,弯腰撅腚,抻长了细细的脖子。

李大头双目精光毕现,乱蓬蓬的胡子无风而动,瘦瘦的胳膊举起来,五指并拢。对着阳光仔细看,他这把刀,蛮像当年在战场上用过的那一把。

好刀呀。李大头高高地举起了手——

但是,李大头的手掌没有劈下来,他就扎着挥刀的架势永远地走了。

日本人跪在地上,砰砰地磕着响头。

有一种爱叫宽容

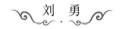

刘 勇

经过三天的奋战,终于击退了敌军。褐色的傍晚,战场瞬间沉静了下来。十八岁的安德森回头去找上士奥格威,通过坎坷不平的战壕,看到了已经晕倒在战壕边的奥格威。奥格威今年三十岁,是安德森的同乡。安德森把奥格威背到安全地带时,夜幕已经降临了。

安德森发现,他们的部队不见了。如果大声呼喊肯定会招来敌人。寂静的黑夜让他饥饿难耐。奥格威醒来的时候,像个孩子,嘴里念叨着妈妈。安德森知道他想妈妈了,这战争何时能结束,什么时间能见到妈妈呢?安德森鼻腔里酸酸的,满脸泪水地看着清冷的月亮。

天亮,安德森和奥格威发现他们不仅与队伍走散了,而且被困在森林里。他们商量好先填饱肚子,再想办法走出森林。两人在丛林里寻觅。终于发现一头鹿,安德森一枪把它击倒。

俩人兴奋着分割鹿肉,奥格威说:"有了它,我们肯定能走出森林,找到部队。你打鹿有功,肉你来保管吧。"

第二天,他们遇到了敌军。因森林茂密,他们得以脱险。

第三天,再次遭遇敌军,脱险。

第四天,他们在森林里寻找食物,可能是战争的原因,他们寻觅了整整一天,也没找到什么食物,更不用说什么可以猎取的动物了。安德森想,剩下一块鹿肉了,该怎么办?是平分,还是让奥格威吃,然后让他去找部队?如果我们两个都耗在这里,肯定都会饿死在这里,还不如让奥格威先走,去找部队。

第五天,他们遇到敌军,经过与敌军巧妙的战斗,他们脱险了。他们认为安全了。

"砰"的一声枪响，走在前面的安德森感到肩膀钻心的疼，他扭过头去。奥格威惊慌地跑过来了："怎么，敌军又过来了吗？他们打冷枪，你受伤了！"奥格威搂着安德森心疼得泪流满面，慌忙撕衬衣，帮安德森包扎伤口。

深夜，安德森忍着剧痛靠在树干上，看着天空的星星。奥格威倚在树旁，两眼呆呆望着深黑的夜幕，不停的唠叨："妈妈，妈妈，妈妈……妈妈你还好吗？妈妈你在哪里？"安德森知道奥格威又在想他那年迈的妈妈了，他伸手把最后一块鹿肉递给了奥格威。

奥格威看着鹿肉，迟疑了一下，说："你吃吧，你还年轻，需要它。如果能走出去，请你一定帮我去看看我妈妈。"安德森握着鹿肉，泪水已经把他的眼睛模糊了。那块鹿肉放在地上，谁都没去动，虽然他们饥饿难耐，不知道能否熬过今晚，不知道明天会是什么情况。

第二天，他们得救了，部队找到了他们。

战争结束，奥格威与安德森一同去祭奠他的妈妈。在妈妈坟前，奥格威哭得肝肠寸断，那哭声真是惊天地泣鬼神。安德森也热泪纵横。

奥格威把胜利勋章摘下，硬是挂在安德森胸前，然后他跪在了安德森面前："如果没有你的宽容，我可能就活不到今天。虽然我活着意义是为了救妈妈，但你给予我的关爱让我终生难忘，胜过了母亲。"

三十年后，二战老兵聚会，安德森说："当初奥格威跪在我面前，请求我原谅他时，我打断了他的话，没让他把话说出来。因为我知道当初是他开的枪。他过来抱我的时候，我摸到了他的枪管发热。晚上，我看着他嘴里不断喊着妈妈，知道他不想死，他想独吞那块鹿肉，是为了救他妈妈，当晚我就宽容了他。我不仅宽容了他，又和他做了几十年的朋友。"

安德森说完，寂静的大厅里响起热烈的掌声。

有关爷爷死因的几个版本

戴玉祥

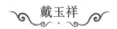

　　连绵的山峦,奶奶的房子就藏在这山峦里。奶奶常常坐在房前的墙根下,目光痴痴地凝视着不远处的坟墓。爷爷,就躺在那坟墓里。

　　爷爷是党的地下工作者,当然,奶奶也是。但爷爷的表面身份却是国民党驻守 N 城某师的作战参谋。解放军攻打 N 城,由于爷爷搞到了布防图,迫击炮弹准确无误地倾倒到敌人的火力点上。敌人乱了方阵,我军以零伤亡的战绩,拿下 N 城。可惜的是,爷爷没有看到。

　　关于爷爷的死,我问过奶奶,可奶奶始终没有给出答案。这让我对爷爷的死因产生了浓厚的兴趣。经过调查,我了解到,爷爷的死因大体有这么几种可能。

　　其一,爷爷在敌营里被怀疑了,但他们苦于没有证据,便故意露出破绽,让爷爷搞到了布防图。爷爷送布防图给联络人时,被敌人包围了。爷爷为掩护联络人撤离,诱开敌人,后来中弹牺牲了。

　　对这个说法,我有三点疑问:第一,敌人既然怀疑爷爷,还会让爷爷拿到真的布防图吗? 第二,假使布防图是真的,那么敌人是有备而来,会让联络人轻易跑掉? 第三,即使联络人跑掉了,敌人应该知道布防图泄露意味着什么,难道他们还会不及时更改、调整? 显然,这种说法经不起推敲。

　　其二,爷爷的身边还有一个人,这个人在爷爷的掩护下,搞到了布防图。出城的时候,他被哨兵拦住。是爷爷喝退哨兵,让那人出了城。后来敌人发现了,追查下来,爷爷自然脱不了干系。爷爷被关起来。战争打响后,看着解放军准确无误打过来的炮弹,敌师长恼羞成怒,开枪打死了爷爷。

　　对这个说法,我同样有两处不懂:第一,以爷爷作战参谋的身份,送个人出城,还不是小菜一碟,何苦让那个人单独出城,引火烧身? 第二,战争打响

了,解放军的炮弹准确无误地打过来,敌人乱了方阵,敌师长还会有时间去牢房打死被关的爷爷?显然,这种说法破绽百出。

其三,爷爷顺利地把布防图送过来了。可在开战的前一天,师长发现布防图不见了。师长知道事情严重,想重新部署,但时间已来不及了。情急之下,师长孤注一掷,欲炸掉 N 城。爷爷反对,被师长毙了。

这个说法,表面上可以成立,可我还是有些不解。那么大的一个城市,没有充分的时间准备,是想炸就炸的吗?何况,爷爷只是反对,师长就会把他毙了?要知道,爷爷可是作战参谋啊!

这天,阳光明媚得令人心醉。

奶奶的心情仿佛也好起来,褶皱的脸上码着浅浅的笑容。奶奶说,孙儿,没事干些正经事,别整天访这问那查你爷爷,再查,你爷爷还不是死了?我说,奶奶,爷爷是死了,可作为晚辈,不知道爷爷是怎么死的,心里不甘。奶奶的笑容僵在脸上,目光又痴痴地凝视着不远处的坟墓,嘴巴张了张,像是想说什么,没说。

后来,市里来人要移爷爷的坟墓,说爷爷是为解放 N 城牺牲的,应进烈士陵园。奶奶不让。来人好话说了千千万,奶奶就是不松口。

奶奶仍坐在房前的墙根下,目光痴痴地凝视着不远处的坟墓。

忽有一天,奶奶病倒了。

奶奶这一病,就再没有起来。弥留之际,奶奶把我叫到跟前。奶奶声音很小,但我还是听清楚了。奶奶说,孙儿,你爷爷其实是这样死的。奶奶接着说,那年,你爷爷搞到布防图,为防止意外,你爷爷复制了一份给我,他自己拿着一份出城。结果师长发现了,从你爷爷鞋底夹层里搜出布防图。你爷爷被严刑拷打后,还是没有交代出同伙。师长把我叫去,那时候,我和你爷爷结婚还不到三个月。师长把一只勃朗宁手枪递给我,说,你们是夫妻,该不会一点也不知道吧?我想说知道,怎么会不知道?但我这样一说,那张复制的布防图谁个送出去?忍着锥心的痛,我怒目圆睁,啪啪甩给你爷爷几记耳光,骂他是骗子,愧对党国,而后我就嘶声痛哭。师长呵斥我,还抬起我手里握着的勃朗宁。我明白师长的意思,我瞄准你爷爷,开了枪。其实,我是准备调转枪口打死师长的,但就在这一刹那,我看见了你爷爷求生的眼神。如果不打死他,他的叛变,不知会对 N 城地下组织造成多么大的损失,更不用说布防图了。

奶奶说到这里,慢慢挪过手来,摸着我的头,继续说,怕你访这问那查你爷爷,误了正事,奶奶这才把他的事告诉你。奶奶还说,你要好好做人,不要像你爷爷……

　　奶奶话还没完,就咽气了。